전당포는 항구다

전당포는 항구다

박형권 시집

창비

차 례

제3부 ___

제1부

아빠의 내간체

녹말중독자

김치 하나에도 밥이 단 네 허기에게
학교 급식 말고는 균형있는 식단을 만나지 못한 너에게
압력밥솥 뚜껑 열듯
고슬고슬한 아빠의 내간체를 보낸다
매일 요리책을 보며 세상의 진귀한 음식들을 상상하다가
그만 위산과다가 된 너에게
기껏 겔포스 하나를 내밀어야 하는
아빠의 손이 무디어
김치 한쪽도 쭉쭉 찢어주지 못하였다
콩나물도 시금치나물도 조물조물 버무려서
고3인 네 입맛을 도와야 하는데
엄마는 아직도 밥집 꿈을 꾸는지
김밥 두 줄! 순두부 하나! 잠꼬대를 하는 아침
오늘도 아빠는 사발면 하나를 식탁에 올려놓았다
너를 우리의 살림으로 초대하는 일이
늘 이 모양인 나는 대체 어느 나라 아빠이냐
호박 손가락만한 것 1500원 콩나물 음표도 아닌 것이
1000원

배가 노란 서해바다 조기는 값을 묻는 것만 해도 실례였다

멸치 몇마리가 동동 떠다니는 콩나물국은 이상하게 깊은 맛이 없어

슬그머니 라면 스프를 털어넣고 말았다

네가 좋아하는 고등어구이와 갈치찌개는

그럭저럭 맛을 낼 줄도 알았는데

이웃나라 원전 사고 이후로 우리 바다 생선까지 죄다 수상하다

버리는 일이 있어도 우리 식탁의 순결은 지켜져야만 했다

어쩔 수 없었다 딸아

그것이 너를 지키는 길이라고 생각하는 이 아빠는

아직도 아침에는 밥이 최고라고 생각하는 녹말중독자다

한낮의 매미 소리를 받아먹지 못하고 개구리 우는 밤을 담아보지 못한

무늬만 쌀로 밥을 해야 할

너희들의 기함할 미래를 향해

쫑쫑 썰어놓은 내간체를 밥때 지난 늦은 아침에 쏘아올린다

날개 여사와 고구마 씨

내가 가겟집에 신용거래 하러 갈 때
사지와 얼굴이 다 비뚤어진 고구마 씨가
말복 더위를 쫓으러 나왔는지 길 가운데 서 있고
날개 여사가 그 옆에 서서 구겨진 손을 힘겹게 저으며
잘 결합하지 않는 자음과 모음으로
말이란 것을 하는데
얼핏 보기에 말다툼을 하는 것 같다
분명 길에서 마주쳐 따뜻하게 속삭이는 것인데
어찌 인사 주고받는 일에
저렇게 힘이 들어가야 하나
하늘하늘 원피스를 곱게 차려입은 날개 여사가
그 그래서 머…… 먹었냐구 하자
모…… 못 먹었어 고구마 씨가 말하고
날개 여사가
내가 해…… 해…… 해줄게 하고
골목에 핀 능소화와 베란다에 나와 있는 봉숭아꽃을
정처없이 찔러댄다
뭘 해준다는 걸까

라면 한 봉지와 사이다 한 병을 그어놓고

돌아오다 보니

능소화 담장 밑에 날개 여사와 고구마 씨가 쭈그리고 앉
아서

사람 구경을 하고 있다

무심코 날개 여사를 보다가

저, 저, 저런!

날개 여사가 활짝 열려 있다

코앞의 깊이 하나 변변히 가리지 못하는 날개 여사가 남
걱정이다

날개 여사가 고구마 씨 입에

상갓집에서 가져온 돼지수육 한 조각을 찢어 넣는데

코로 들어갈지 입으로 들어갈지 아슬아슬하다

주는 것도 받는 것도 순간순간 극복이다 저렇게 저리도록
끝끝내 살고 싶게

파상 씨의 전파상

파상 씨가 똥꼬 빠지도록 소똥을 굴린다
쇠똥구리가 밥 굴리듯
쨍쨍 팔월 땡볕 아래에서 오백 리터짜리 냉장고를 굴린다
파상 씨의 전파상엔 소똥이 층층
소똥이 밥이 되는 뿌듯한 순간이다
나는 가련한 시선으로 그를 바라본다
우리 집 TV를 오천원에 가져가서 부품 하나 바꾸고
다음 날 십만원에 팔아먹었으므로
아날로그를 버리고 디지털을 사야 하는 2012년
파상 씨가 버림받은 아날로그를 굴린다
끙 끙 끙 냉장고를 굴려놓고 TV를 굴려놓고 에어컨을 굴
려놓고
영원히 꺼지지 않을 것 같은 작열하는 태양계도 쓱싹 굴
려놓는다
전파상인지 고물상인지?
전파상인 이유는
암 걸렸지만 작동하는 파상 씨처럼
밀려나는 회로들을 갈아끼워서 몇년 더 피 흐르게 하기

때문

　이 골목에는 아직 굴려야 할 아날로그가 있다

　대학입시 공부하는 내 딸의 교육방송과

　새벽 다섯시를 깨우는 알람 소리와

　삑삑거리는 압력밥솥!

　소똥이 사라지는 언덕배기에서 자결을 생각했던 쇠똥구
리처럼

　파상 씨가 목숨 걸고 아날로그를 굴린다

　여전히 이 동네는 몸 움직여야 밥을 먹는다

　암 먹여살리기 위하여

　땀 흘려 즐거운 파상 씨의 전파상

강원 씨의 건강원

강원도에서 온 강원 씨가 건강원을 하는 것은 이름값 하
는 것이다
내 이름으로는 이 서울에서
밥벌이가 되지 않아
낙향해야지 하다가 불볕더위를 만났다
그때 강원 씨는 살모사와 꽃뱀과 능구렁이의 추억으로
이 골목 많은 동네의 건강을 달이다가
꼿꼿이 대가리를 치켜세운
가게 임대료에 발목을 물렸다
넣어도 넣어도 희석되지 않는 독의 똬리!
그러고 보면
희망이라는 이름의 서울의 욕망에게
물려받은 자갈논과 화전밭을 고스란히 팔아서 퍼넣은 것
이다
그리하여 강원 씨는 돌아갈 강원도가 없다
팔월의 땡볕 옆을 지나가던 나는
밥집 일 나가는 아내의 팔다리가 쑤신다는 말을 떠올리고
뭐 좋은 것 없나 기웃거리는데

번쩍!

멸종 위기에 이른 살모사가 내 뒷덜미를 문다

아내와 나는 운 좋게도 물려받은 것이 없어서

퍼넣은 게 건강밖에 없다

이제 돌아가야 할 건강이 없다

헐값에 건강을 팔아 비싸게 건강을 사야 하는

강원 씨의 건강원에서

여름 한철의 건강을 구경만 하고 돌아나오는데

살모사 한마리가 진땀 흘리며 제 꼬리를 삼키고 있다

김자욱 씨의 여명

김자욱 씨의 여명에 안개 자욱하다
밤새 열 명이 넘는 사내가 열대야를 펴놓고
장기를 둔 불면(不眠) 근처에서
배포 깔아놓고 푹 잤으니
여명에 깨어
직박구리처럼 꾸욱꾸욱 울고 있으니
이유 없이 우는 사람에겐 언제나 이유가 있다
하지만 김자욱 씨는 그저 자욱할 뿐
서울 하나를 등에 업고
아무 사내에게 젖은 눈을 보여주는 그 자욱함에서
안개가 피어오른다
쑤석쑤석 재미 하나도 없이 김자욱 씨의 여자를 뒤지던
그 길 위의 밤이
김자욱 씨가 품은 서울의 아비라고 했다
예순 살의 여명인데
왜 이리 자욱하게 옷을 벗고 싶은가
할 일 없어 시간이나 죽이는 인공 숲의 사내들만 보면
왜 이렇게 만회할 시간을 주고 싶은가

꾸욱꾹 여명이 안개를 밀어내면

등에 업힌 서울이 젖 달라고 운다

그놈도 따지고 보면 사내새끼라 절망을 끌어안을 자궁이
없다

아무 데나 쓰러져도 아무에게도 보이지 않는

김자욱 씨는 자욱하다

여명에 김자욱 씨를 만나면

나는 서울에서 서울이 궁금하다

여명마다 자욱한 안개 저편에도 직박구리는 날아오는지

육점 여사의 고기천국

골목 안 사거리에 천국이 있다
살점 한 덩이에서 '정태춘'이 흐르고
육점 여사의 육절기는 윙 윙 윙 빈 CD처럼 돈다
두어근 늦여름을 끊어가려고 고기천국으로 들어서서
골목 사람들의 허기를 경청하는데
한 사람 들어와
누군가의 이름을 아름다이 부른다
누구나 혀와 어금니로 기억하는 이름, 돼지 삼겹살 씨를
진땀이 칼을 베고 지나가는 고기천국에서 천국에 닿지
않은 살점은 없다
고기를 내놓지 않고서 천국에 이르는 것은 욕심
누군가를 먹이기 위하여 생을 살찌운 이름들이
고깃덩이만으로 천국을 증명한다
뽈살 군, 꽃등심 양, 갈매기살 씨, 치마살 여사
이미 칼을 몇 차례 받으신 거룩한 이름들이
철벅! 도마 위에 올려지고
저미고 저며도 한번 불린 이름은 지워지지 않는다
능소화 흐드러진 지금은 꽃등심의 계절이지만

형편 맞추어 삼겹살을 산다

제 살을 저미듯 육점 여사는 한점이라도 저울 눈금에 맞

추려고

떼어내고 떼어내고 또 떼어낸다

시장기로 가득한 내 양지머리가 그때쯤 깨닫는다

그 살점에 대한 예의를

지물포 씨의 항구에서

나는 지금 종이들의 항구에 서 있다
이 한장의 가을
서간문의 북항에서 비늘들의 귀항을 기다린다
쉰둘 가슴이면 누구의 가슴에나 사는
심해어처럼
그때 그 스무살의 파도가 서녘 하늘에서 고요하다
누가 이 저녁을 일필휘지하는가?
저녁 무렵의 지물포엔 아직 적을 것이 있고
수초(水草)처럼 쌓여
결국 수초의 편지를 완성할 텐데
아직 마침표를 찍기엔 미안한 시간이다
한 구절의 문장과 한 획의 항구에서
나는 이미 전어잡이배의 소식을 들었고
내 인생도 반환점을 돌아 귀항하고 있다
나는 왜 그렇게 오랫동안 그리움을 그립다 하지 못하였
던가
　　─아직 거기 계셨던가?
오백매짜리 에이포 용지를 내밀며

내가 산 인생이 서사였는지 아니면 서정이었는지
한번은 만나고 말 파도였는지
지물포 씨가 질문할 것 같아 두렵다
지물포 씨의 항구에서 무엇이 그리운지 알지 못한 채
지상의 마지막 종이들을 쓰다듬고 나온다
향기로운 종이 냄새에 취하여
단단히 배를 묶듯
아직 지물포에는 전어가 온다고 쓴다

촌티

그 헤어숍에 가면 우리끼리 통하는 '촌티'
걱정거리라도 생활에 보태 쓰는 동네에서
또 한발짝 뒤로 밀려난 우리들의 무기력을
싹둑싹둑 잘라주는 촌티가 있다
소 판 돈 뭉쳐들고 야반도주한 듯한
머리채 끌려가 혀 쑥 빠지게 매타작당한 듯한
마침내 손목을 끊은 듯한, 이력이 궁금해지는
촌티가 있다
아무도 나이를 모르고 고향도 모르는 정처 없는 촌티의
손끝은
하지만 다디달다
그 손끝에 앉아서 어떤 아이는 껌을 씹었고 어떤 여자는
좋다는 것 다 가져다 먹여도 제대로 일어서지 않는 남편
을 씹었다
내가 신문에서 본 국제정세를 이야기하면
촌티의 가위질이 탭댄스를 춘다
촌티와 내가 거울 앞에서 펼치는 이인극은 아무래도 수
상하다

거울 속의 촌티는 실패의 추억만 새겨놓은 내 굳은 머리
를 애무한다
  언제부터인가 나를 점령한 고독까지 애무한다
  정말 촌티나게 깎아버리는 촌티가 내 목을 조인 망또를
걷어내고
  뒤로 누워야 하는 세면대로 나를 옮긴다
  촌티가 젖 먹이는 체위로 머리까지 감겨주면 거기가 극
의 절정이다
  꼬불꼬불 얽히고설킨 세상사 같은 겨드랑이 털도 보고
  이 동네 골목길의 새벽처럼 아련한
  능소화 담장도 넘어보고 싶고
  허파에 털 난 나 같은 것들의 아주 오래된 애인, 촌티가
  나보다 먼저 이 동네에 들어와서 산다
  그 헤어숍에 가면
  언제나 돌아갈 거라고 말하지만
  이제는 골목 안 쥐손이풀 꽃들을 떠나지 못하는
  흔하디흔한 이름, 촌티가 있다

〈뷰티플 플라워〉를 지나가고 있다

로또 하면 인생 확 바꿀 돈 만원을 가지고
자반고등어 한손 사고 참치 캔과 두부 한 모 사니
에누리 없이 똑 떨어진다
종잇장보다 얇은 지갑을 툭툭 털고
홍탁삼합이 불러도
우렁된장이 불러도
뒤돌아보지 않고 식구들 밥상으로 돌아가는 길이다
과일 난전 삼술 씨는 서말 술을 마셨는지
아무거나 천원, 토하듯 외치고
채소 난전에서는
깎자, 안된다 하더니 기껏 쌈상추 한단이 장바구니에 올
라탄다
〈우리 소만 정육점〉과 〈백세 건강원〉 사이
〈뷰티플 플라워〉에서는
아롱사태 같은 처녀와 육년 근 인삼 같은 주인이
개업 집에 보낼 화환을 정성껏 피워올리고 있다
많이 벌어서 좋은 데 쓰라고 그 덕에 우리에게도 국물 좀
튀라고

꿈을 꽂아주고 있다

나는 〈뷰티플 플라워〉 앞에서

스물몇 펄펄 끓던 시절의 장미 한 송이를 꺾는다

그때는 장미 가시에 스치기만 해도 붉은 피가 흘렀다

그런 비슷비슷한 사연이야

반찬가게에도 있고 순댓국집에도 있어서

깎고 자르는 솜씨 뒤에는 누구나 꽃 한 송이씩은 숨겨두

고 있다

밥술이나 좀 뜨며 살고 싶은 내가

한 끼 땟거리도 쉽게 담아가지 못하는

뷰티플 자본주의를 지나가고 있다

예천 사과장수

예천 사과 한 트럭 실어오면 아침나절에 다 팔고
우거지갈비탕과 마주 앉아서
낮은 생태계의 시끌벅적한 오후를 논하였어
아이들에게 줄 페페로니 피자를 사고
어머니의 골다공증에 잘 듣는 칼디텍을 사면
사과즙 같은 가랑비 내려
난전의 과일상들은 오므라이스 같은 지붕을 얹었지
그해 시월에는 사과의 겨드랑이에 날개가 돋았어
비닐봉지에 담으면 안에서 선홍빛 날개가 푸득거렸어
꼭 한개씩은 더 얹어주었고
어떤 놈은 스스로 날아올라 손님들의 혀에 가서 달라붙
었어
당도 높은 농사꾼과 직거래를 튼 덕에
비바람과 햇빛과 소쩍새가 담긴 다디단 소가지를 활짝
열어 보였지
다 팔고 남은 못난 사과와 짐칸에서 뒹굴며 칼날보다 푸
른 돈을 세면
돈에도 분명 혈관이 있어서

손끝에 돈의 뜨거운 피가 묻었어

돈이 횟집의 우럭처럼 펄떡거렸고 아가미가 싱싱했어

돈도 생물마냥 싱싱한 게 좋아

오늘도 그해처럼 비 내리는 시월

썰물 든 저녁의 시장 입구에서 사과들은 날고 싶고

강원도에서 온 송이버섯 장수와

짬뽕국물 시켜놓고 식어가는 위장을 데워

술 한잔 털어넣고 목청에 힘주고 싶지만

함께 갈 트럭이 잔을 가로막아

지금은 사과나무 네그루가 대문 앞에 나와서

발갛게 익은 볼로 저녁을 기다리는

바로 그 담운(淡雲)의 시간이거든

백설기 씨를 만날 때

백설기 씨를 만나려면 새벽 네시에 일어나 아리수로 목욕하고 어제 마신 술 냄새를 쌀 씻듯 씻어내려야 한다 혹시 내 날숨 속에 미끈미끈한 어제의 농담이 끼어 있다면 구석구석 양치하여야 한다 쌀을 불릴 때 그가 그렇게 하기 때문에 쌀을 만나듯 그를 만나야 한다 가슴에 셔터를 내려 더께가 앉은 지 오래된 새벽, 세홉 정도면 넉넉한 식구들의 아침밥을 위하여 쌀통을 열듯 소복소복 쌓인 나를 열어야 한다 찬 공기가 들어와 아직은 한홉 정도 남아 있는 내 뜨거움과 어울려 푹푹 김을 뿜어낼 때 나는 백설기 씨를 만나야 한다 그리하여 그와 나는 첫새벽을 사이좋게 나눠야 한다 '떡 먹고 가' 스무번이 넘는 이사 경력을 가진 나에게 서른번 넘게 이사한 백설기 씨가 이 서울 바닥에서 떠돌이를 청산하는 법은 '어쩔 수 없이 정드는 것'이라고 말한다 시린 평상에 앉아 〈떡〉이라고 딱 한 자 적힌 간판 아래에서 서울의 속도에서 점점 뒤처지는 백설기 씨의 완주를 바라본다 '이번 겨울은 왜 이렇게 긴가요?' 서른번이 넘는 이사 끝에 백설기 씨는 드디어 허기로 떡을 만드는 데 성공했다 백설기 씨를 만날 때는 속을 비워야 한다 그래야 그의 뜨끈뜨끈

한 순수를 위장에 담아올 수 있다 살아라 살아 함박눈 내리
고 새벽 골목들이 하나둘 모여들어 그의 더운 김에 귀를 녹
일 때, '많이는 못 줘 맛이나 봐' 그의 무심한 목소리는 뜨
끈하다

　백설기 씨를 만날 때는 툭 잘라주는 백설기에서 붉은 피
흘러도 그렇거니 생각하며 받아야 한다

미니 붕어빵 민희 씨

붕어빵 민희 씨가 빵틀을 돌린다
누구나 직업으로 세상을 헤엄치듯
민희 씨도 세상 위에 연탄 한장 올려놓고
우리 골목 초입을 열기로 데운다
오늘도 민희 씨는
눈이 많이 내리면 이글루를 지어 들어가서 자겠다던
낭만주의자를 생각한다
차가움을 쌓아올려 더운 열기를 만드는 추운 나라의 건
축기술처럼
알코올을 쌓아올려 염병할 행복을 지으려다
술병의 탑을 쌓고 만 그를 생각한다
민희 씨가 데워놓은 훈기에 안겨 꿈의 끝까지 헤엄쳐간
이글루
아직도 눈이 내리면 슬픔도 축포처럼 황홀하다
겨울이 가기 전에 민희 씨는
팥소 같은 꿈들에게 지느러미를 달아준다
혼자 올 때는 물풀을 생각하고 둘이 올 때는 물풀들을 생
각하는

집으로 가는 길목

어서 저어가라고 지느러미를 달아준다

민희 씨의 귀 뒤에는 낭만주의자가 만들어준 아가미가
있다

숨 쉬기 힘든 서울 하늘에서는 숨 쉬기조차 상처이지만

미니 붕어빵 민희 씨는 상처를 아가미로 진화시켰다

조개할멈

마을회관 어디쯤에서 동네 개가 짖는 밤에 마루 끝에 나와 앉아

깜깜한 조개를 깠어

그렇게 한생을 졸졸졸 개울물로 흐르다가

서울 중랑천 옆 동부시장 난전에서

눈가에 그려진 깊은 주름으로

여전히 조개를 까

속고쟁이에 바다를 품은 기억은 그저 삼삼하고

다가올 세월 저편은 초저녁달처럼 희부윰해

가랑이를 만나면 부드러운 것 하나 없이 씩씩 힘이나 쓰는 그 물건처럼

칼자루를 세우고

조개의 은밀한 곳을

작심하고 후벼파지

개조개가 아린지 컹컹 짖고 어디서 봄이 올 듯 파래 냄새가 나

푸른 피를 흘리는 것들은 어찌하여 껍데기보다 속이 이리 가득 찬 것인지

통영이나 고성 같은 데에서 밀물 들어차듯

마음에 들어선 계집 있는 것인지

봄은 여태 소식이 없고

이제 기다리는 것이 굳은살이 되어 가끔 빗나가는 조개

칼에 베일 순정도 없어

아롱아롱 아지랑이 벗기듯

서로를 벗긴 첫 밤 이후로

어찌된 영문인지

한생이 온통 기다림이었어

썰물 때 나간 것들은 기다리지 않아도 밀물 되면 돌아오

는 법

봄 그까짓 거 이제 안 와도 좋아

펄펄 눈 뿌리며 늦은 첫 손님이 오는걸

〈큰집곱창〉 며느리가 저글링 중이시다

〈큰집곱창〉 며느리가 주걱 두개를 허공에 돌린다
하나가 허공에서 휙 휙 휙 휙 돌 때
하나로 재빨리 곱창을 뒤집는다
소가 삼킨 봄풀들을 쓰다듬었던 곱창이
쩔쩔 끓는 아랫목에서 노릇노릇 궁둥이를 지진다
입구에 나와 있는 철판이
네이팜탄처럼 지글지글 끓고
맛으로 쏘아올린 저글링에 군침이 돈다
소가 삭인 언덕배기에서 푹푹 쇠죽 끓는 냄새가 나면
어디에 앉아도 고향집 툇마루라며
꼬르륵 꼬륵
반추하고 싶은 손님들이 모여들 때
기다렸다는 듯이 야채를 투하한다
추억의 뒷간에 앉아 누나들의 세계사 책을 찢어
호모 사피엔스 사피엔스를 쓱 닦음으로써
시원히 비워지던 아랫배들이
오늘은 가득 채우고 싶어서 주문할 때
후추를 난사한다

소화된 여물 같던 곱창이 열 받은 고추처럼 탱글탱글
곱창에 묻어온 제비꽃 씨앗이 펑펑 봄을 터뜨린다
봄이 어지러워서
'아이고 내려주세요' 할 것 같은 우리 동네 곱창골목
〈큰집곱창〉 며느리가 저글링 중이시다
짜부라진 내 곱창도 쭈욱 펴지고
손님보다 봄비가 더 많이 오신다

꽃을 먹다

　동부시장 시계탑이 내려다보고 있는 사거리, 정오, 튀김
천막 내외가 점심상을 받는데
　다붓하게 마주 앉아서 〈시골밥집〉 된장찌개를 놓고 흰
밥을 먹는데
　된장 한 그릇에 들어가는 두개의 숟가락이 서로의 입속
에 깊숙이 혀를 밀어넣듯 서로를 먹이는데
　길 위에서 먹는 밥이 달고도 달아 서로를 먹어주는 것이
달고도 달아
　아, 먹는 일 장엄하다
　펑펑 지구 어딘가에서는 산수유 피고
　노란 꽃가루가 토핑처럼 뿌려지는
　시장(市場)을 퍼먹는데
　입으로 막 피어나는 봄을 밀어넣는데
　빨간 입술이 오물오물 목젖이 꿀꺽, 신(神)들의 만찬이다
뒤엉킨 꽃이다
　야채튀김 사러 왔다가 남의 집 꽃밭에 들어선 듯 미안하다
　안되겠다 이러다가 방해되겠다
　시장 한바퀴 돌고 오면 이들의 애무가 끝났을 것이니 이

들이 피워올린 꽃 한 다발 사가지고

   아내와 딸 아들 모여 앉아서 내가 본 꽃 이야기 해줘야

겠다

   매일매일 꽃 먹으며 사는 그 느낌을

   먼저 떠먹이고 한 숟갈 받아먹고 싶다

자주 길을 잃지만

〈테크노 노래방〉에서 음정 박자 무시한 노래가 대낮부터
흘러나온다
　목소리는 〈떡 되는 주막〉에서 해물파전 올려놓고 포천막
걸리를 마신 듯 얼큰하다
　그녀는 〈하얀 얼굴 피부 관리실〉에서 참다래 팩을 하고
　한껏 맑아진 공기를 마시며 〈이너웨어〉로 간다 야들야들
한 유혹 옆에
〈고우영 만화방〉 있다
백수들이 시대를 가로지르는 잠언을 독파하고
탄지신공으로 페이지를 넘긴다
지금은 누구도 실업에게 손가락질하지 않는다
만화는 이제 백수들의 일인용 텐트가 되었다
그녀는 속이 비치는 티팬티를 사서 수제 핸드백에 넣고
〈때깔 도깨비〉에서 골반이 커 보이는 쫄바지를 만지다가
〈힘내 선식〉으로 가서 검정콩과 마늘 분말을 산다
　맞은편 〈금산인삼〉에서 육년 근 홍삼이 탱탱한 뿌리를
뻗어서
　그녀를 잡아당긴다 인삼가게 주인은 늘

사타구니가 불룩한 청바지를 입는다

그녀는 인어처럼 〈용궁호프〉를 지나간다

몇명의 인어를 처단하였는지 술잔에 거품이 수북하다

물거품 아닌 생이 대관절 있기나 한 것인지 두리번거리며

시간은 벌써 오십줄을 바라보고 있다

점심을 먹기에는 너무 늦은 시간이고 문득 어묵 생각이
나서

〈둘이 먹다 다 죽어 어묵〉으로 가서 두개를 먹어치운다

그때 이불솜 같은 눈이 내려, 갑자기 머릿속이 비어버
린다

요즘 들어 부쩍 어쭙잖은 일로 길 위에서 길을 잃는다

겨울에는 방어가 제맛이라서 〈생선나라〉로 가기로 했다
또각또각

두마리의 방어를 일으켜세운 듯한 그녀의 종아리가 아직
은 싱그럽다

아직 다 잃지는 않았다

항문을 조이면 여자에 힘이 들어간다

제2부

아빠의 내간체

우방(友邦)

쌀통 바닥에서 네 식구가 뒹군다

쌀바가지가 까르륵까르륵 누룽지 같은 자존심을 긁는다

요즘 같으면 쌀에게 먹히고 싶다

쌀집에 전화해서 20킬로그램짜리 '농부의 마음'을 신용

으로 주문하고

냉장고에 레시피를 붙여둔다

2012년 대한민국 서울에서, 쌀통에서 밥솥으로 쌀을 옮

기다가

또르르 굴러가는 쌀 한톨을 찾으려고

안경을 써야 하는 나는

'농부의 마음 엿보기'라고 레시피에 적어둔다

쌀이 농부에게서 우리에게 오는 과정은

여름 소나기와 천둥 번개로 완성되지만

다랑논으로 흘러드는 뭇별과 소쩍새 소리가 날아들어야

쌀이 차지다고 또 레시피에 적어둔다

쌀 떨어지고 보니 쌀에게 잘할 걸 그랬나 싶고

밥에게 잘할 걸 그랬나 싶고

나를 지독하게 살고 싶게 한 가난에게 고요히 머리 숙여

야 했다 싶고

　줄어드는 쌀을 품고 바작바작 마음이 타들어간

　쌀통에게 고마웠다

　우선 가져가서 먹고 돈은 천천히 달라고 한 쌀집 아저씨가

　20킬로그램짜리 마음을 들고 와

　우리 마루에 흐드러지게 내려놓고 간 이 골목 깊은 동네
에서는

　아빠의 신용이 시민공원에 심어진

　메타세쿼이아처럼 우뚝하다

　누군가의 자존심을 지켜주며 스스로 우뚝한 이 동네는

　여전히 밥심으로 아침이 열린다

　어제 오늘 아침 못 먹여 보낸 너에게 열번 미안하다

　하지만 딸아

　너는 급식비도 내지 못했는데, 배꼽이 나올 만큼 먹고
오는

　나의 영원한 우방이 아니냐

벽화

그러고 보니 이 겨울의 마지막 눈이 되고 말았다
모든 것이 끝나버렸으니 마지막이 무슨 소용인가
그대가 지하방에서 마지막 아침을 먹고
삼백원짜리 불티나로 몸을 싸질러도 뼈처럼 가난은 고스
란히 남았다
그런데 껄껄껄 웃었고
법열을 가누지 못하여 펄쩍펄쩍 뛰었다고
떡집 평상에 모여 입김을 호호 불며
여자들이 쑤군거렸다
지구가 기어이 박살나버리기 전에
북극의 얼음이 녹고
땅이 가끔씩 흔들리는 것처럼
거대한 죽음 앞에는 전조현상이 있는 것
유성페인트에 시너를 부어
골목 담벼락에 벽화를 그리던 그것이
그대가 우리에게 남긴 서늘한 숙제였다
조등이 꺼진 밤
담벼락에서 감성돔과 볼락과 꽃게가 생뚱생뚱 헤엄쳐나

오고

　구름과

　지빠귀와 박새와 까치가 날아오르고

　그대는 아직 떠날 준비가 되지 않은 듯

　장충동 왕족발을 앞에 놓고

　쐬주 한잔 짜릿하게 마시고 캬아 진저리를 쳤다

　가로등 아래로 이 겨울의 마지막 눈이 조문객처럼 모여

들 때

　봄 끌어당기느라고 염병할, 생목숨 끊어?

　그대의 아내가 쏟아놓는 오열을

　나는 들었다

　왜 그렇게 봄 탓을 하는지

　봄이어야 씀바귀 옆에 그대를 고요히 풀어놓을 수 있는

것인지

자전거 도둑

중랑천에 꽃 피었다는데
꽃구경이나 갈까
대문 앞이 허전하여 치어다보고 내려다보고
어디가 비어 있나 샅샅이 뒤지고서야
아, 자전거가 보이지 않는다
도둑맞았구나
아내의 장바구니를 실어나르고
딸의 심부름을 실어나르고
내 새벽 둔치 길을 실어나른 식구 같은 자전거가 사라지
고 없다
아내도 나오고
주인집에서도 나오고
이층 열 식구가 다 나오고
한골목 사람들 모두 나와서 추리하기 시작했다
용의자는 떠오르지 않고
내 속에 잠겨 있던 의심만 떠올랐다
이 골목의 새벽을 뒤지고 다니는 사람은 두말할 필요 없
이 분리수거 할머니!

옆집 목련꽃이 속 보여주는 것마저 의심하며 고물상으로
달렸다
가다가 멈칫!
─아빠, 어디 가세요?
학교 갔다 오는 딸처럼
〈우리 슈퍼〉 좌판 앞에서 자전거가 나를 부른다
─새벽에 담배 사고 세워놓고 가더니 이제 찾으러 오는
거야?
목련꽃 보기 부끄러워 돌아올 수 없었는데
자전거가 나를 살살 달래가며 집 앞까지 끌어다놓았다
내가 나를 훔쳐갔다
나한테 용서받는 것이 제일 어렵다

지칭개 골목

지하방 창에서 딸깍 불이 켜지면
지칭개 핀 골목이 어딘가로 간다
어딘가, 어딘가, 어딘가로 가고 있지만 선언하노니 그 끝
은 없다
지칭개 골목은 떡 골목과 어깨를 겯고
걷다보면 전파상 골목과 만나고
또 치킨 골목과 손을 잡는다
골목에서 시작한 모든 새벽이
사거리에 모여 사거리로 흩어진다
어디로 가든 서울로 가고 어디로 가든 로마로 간다
그 지하방의 목발 짚는 아이는
우루무치로 가고 싶어
매일 이백원씩 저금통에 넣고 외삼촌이 사다준 지구의를
돌린다
어디로, 어디로, 어디로 아버지는 지금 가고 있을까
지상의 모든 길을 다 걸어야
치킨 가게의 훈제 닭을 사들고
아버지는 돌아올 것이다

엄마의 손등 위로 봉제공장의 미싱 바늘이 지나가고

　급히 병원 다녀오는 사이 하루가 지나가고

　길들이 돌아온다

　어깨를 겯고 손을 잡고 밀고 당기면서 지칭개 골목으로
돌아온다

　모든 골목이 롤스로이스처럼 기다린다

　엄마가 새벽밥 먹고 타고 나갈 지칭개 골목

풀잎 검객

키 작은 풀잎들이 대문을 밀고 나와
꾹꾹 새벽을 눌러본다
잘 다져진 새벽이 지팡이를 받쳐주고 지팡이와 풀잎이
서로 기댈 때
저쪽 떡집 앞에서 재활용 리어카가
혼자 걸어온다
자세히 보면 리어카 뒤에서 키 작은 풀잎이 밀고 온다
일찍 고3 딸의 피곤한 잠을 깨워주다가
아비 보기를 개떡같이 보는 것 같아서 심하게 다투고 나
온 나는
15도쯤 낮은 각도에서 올려다보는 눈에게 찔렸다
어쩌다 이 땅이 시인이 되어버린 나는
시인 아빠는 입시원서비도 못 줘? 하는 칼날에
스윽 목이 베였다
키 작은 풀잎들의 아버지, 풀잎들의 아들, 풀잎들의 애인,
풀잎들의 이웃인 나는
어제만 해도
재활용 리어카를 신나게 밀어주었는데

풀 잎사귀에 베인 상처에서 뒤늦게 수액이 흐른다
이 골목에는 오늘따라 풀잎들이 왜 이렇게 많은가
함부로 이 골목 내려다본 적 없는데
나를 치켜다보는 풀잎들이 이렇게 많은가
목젖에서 내 허구가 꿀꺽 침 넘기며 숨어 산다는 걸 어찌
아셨는가
풀잎으로 일어나 풀잎으로 마치는 초원의 검객처럼
풀아
네 칼에 베이어 아프지 않다

풀꽃

희석주에 젖어 새벽 골목길을 걸어본 당신은 아시지요
네시 삼십분
코끝에 고드름을 매달고 젊은 여자들이 일 나가는 저편
에서
재활용 없는 노년이
재활용을 줍는 골목을, 하지만
숙명은 왜 이리 쓸쓸한가요
나는 그들과 아무 상관 없다며 초월(超越)처럼 걸어본 당
신은 아시지요
왜 이따위가 숙명인가를
흰 종아리에 킬힐을 신고 이제 갓 시작한 스무살 순정들이
왜 봉제공장의 잔업을 닫고
길 위에 나서는지를
청춘을 돌려받지 못한 아버지들은 왜 길 위에 쓰러져 자
야만 하는지를
오늘은 한 여자가 이 서울 변두리에서 무릎이 시리다고
당신 잠을 깨우고
당신은 바삐 당신 인생 속을 달려가지요

눈 내리기 전에

당신이 고민했던 지상의 모든 골목을

누군가가 다시 밟아가야 하기 때문이지요

너무나 익숙하고 조금은 자존심이 상하는 이 골목길을 데리고

큰길에 나가본 당신은 아시지요

사랑도 증오도 아닌 살아야 한다는 이유만을 높이 치켜들고

첫새벽에 마을버스를 기다리는 골목과

그때, 쥐손이풀꽃들의 안부를 걱정하는 우리의 깊은 슬픔 같은 것 말이지요

그것도 꽃이냐고 생존에 관해 물어왔을 때

당신은 증언하지요

보도블록을 뚫고 나오는 꽃들은 언제나 이름 없는 풀꽃이었다고

그게 이상하였다고

허무의 힘으로

사과해야겠어, 내가 허무를 좀 안다고
'살아서 뭐하겠나'와
'에라, 대충 살자'를 퍼뜨렸거든
우주는 영원하지 않아
지축은 무너질 거야, 그렇게 나팔을 불었거든
이 골목 많은 서울 변두리에서는 그게 먹힐 거다 생각했
거든
그런데
겨우내 켜지 않은 고장난 보일러와
골목의 재활용을 긁어모으는 리어카와
드라이플라워처럼 말라버린 골목의 지칭개와
허기진 호주머니를 지키고 있는 오백원짜리 즉석복권이
지들도 다 안다고 하는 거야
허무해서
티라노사우루스는 이빨을 남겼고
브라키오사우루스는 족적을 남겼고
메타세쿼이아는 여전히 서울의 인공 숲에 꿋꿋하게 서
있다는 거야

허무의 힘으로

아들들은 군에 갔다 왔고

딸들은 장학금 많이 주는 대학에 입학원서를 넣었다는
거야

앞뒤 없이 끈질겨도 지들은

깨끗한 생존을 조금 알고 있다는 거야

허무가 이렇게 힘센 놈일 줄이야, 허무 앞에서 허무했어

사과해야겠어

지하방에서 흘러나오는 악다구니에게

옥상에서 펄럭이는 빨간 빤쓰에게

대문간에 나와 있는 철 지난 봉숭아꽃에게

물들이지 않은 손톱들에게

자전거 타고 방 보러 간다

자전거 타고 방 보러 간다
장마전선이 물폭탄을 쏟아부은 동네의
자작한 하수도를 따라
늘 곰팡이가 피어오르는 우리들의 정오를 지나서
나팔꽃 아래 듬성듬성 파인
골목으로 들어선다
비가 새지 않으면 방이 아니라고 믿는
공인중개사의 늙수그레한 자전거가 앞장을 서고
딸 자전거를 타고 나온 비옷 같은 아내가 그 뒤를 따르고
나는 아내의 젖은 꼬리를 물고
아직은 종아리가 단단한 페달을 밟는다
이 서울의 지표면에는
창틀이 마당과 맞물린 우리들의 꿈을 품어주려고
축축하게 젖어서 기다려주는
반지하 단칸방이 있어
우리들의 미래는 송이버섯처럼 번창하리
보증금 삼천오백만원은 우리 생명보다 소중하여
왼쪽 가슴에 단단히 찔러넣고 두근두근 돈이 심장 소리

를 들을 때

   자전거 타고 방 보러 간다

   대체 어디서 자고 무엇을 먹기에 그렇게 끈질기게 살아
남는지

   참새들이 골목에 나와 고단한 날개를 말린다

   언젠간 바퀴를 크게 저을 수 있지만 오늘은 기어를 저속
에 놓고

   우린

   자전거 타고 방 보러 간다

   우리 네 식구가 냄새를 풍기며 구더기처럼 꼬물거릴

   그 기도(祈禱)를 찾아서

꼽등이 한마리

끝분 여사의 새벽에서 오늘도 수돗물 새는 소리가 난다
등에서 조금씩 이름들이 빠져나가도 쏟아지는 잠을 잠글
수 없다
영감의 이름이, 큰아들의 이름이, 딸의 이름이,
이름들이 살아나는 꿈을 꾸고 싶었지만
스무살 이후로 왠지 깊은 꿈이 꾸어지지 않는다
꿈은 언제부터인가 등으로 꾸는 것이어서
꿈이 있는 이상 끝분 여사는 바로 누울 수 없다
어제는
더위를 먹었으므로 점심 한 끼쯤 굶다가 한 노년이 리어
카를 안고 쓰러졌다
언제나 일사병으로 죽을 기회가 있으니 배 속이 얼마나
든든한가
끝분 여사는 끝분이라는 이름의 마침표 부위에서 새벽을
분리수거한다
얼굴은 땅에 닿을 듯하고 등은 샛별까지 솟아올랐다
이 도시를 뒤적거리면 아직 쓸 만한 새벽이 두어점은
있다

그러니 당신들의 내분을 어찌 탓하리

깨진 선풍기와 찌그러진 냄비로 물어뜯고 할퀴다가 당신
은 승리하였는가

이제 전쟁을 멈추어야 할 때

새벽 네시

늙은 꼽등이 한마리가

당신 살림의 금 간 곳을 골라 고물상으로 향한다

참치 캔의 이름이, 라면 박스의 이름이, 이 시를 적고 있
는 무능한 아들들의 이름이

수돗물 새듯

끝분 여사의 등에서 새어나가고 있다 아직은 등이

살고 싶은 별들의 피안이겠기에 등으로 살별들이 쏟아
진다

골목에 신호등이 없는 것은

골목에 신호등이 없는 것은
신호를 보내지 않아도 알아서 좌향좌 우향우 잘하기 때문
알아서 꿈꾸기 때문
그 태풍이 서울을 휩쓸고 지나가는 날
나는 창에 생활정보지를 붙여놓고 골목에 서 있었다
산발한 여자의 머리카락처럼 동서남북 위아래가 없는 바람이
휘몰아쳤다
〈설거지 구함〉과 〈김밥 싸실 분〉, 〈다용도 점포〉와 〈카드 설계사〉가
와장창, 쨍그랑 비벼지고 있었다
아무리 짓밟아도 말없는 골목이지만
웅웅웅 골목이 우는 소리를 그날 들었다
꼼꼼하게 적어놓은 살림살이가 찢어지고
돌탑 같은 계획이 와르르 무너졌다
신문지를 붙이든 테이프를 붙이든 바람이 하는 말은 단 하나
알아서 기어달라는 것

빨갛거나 파랗거나 어떤 색깔도 아닌 처마 아래에서
풀들은 눕고 새들은 떨어졌다
동에서 밀어붙이는 바람, 서에서 휘청 넘겨버리는 바람,
북에서 내지르는 바람, 남에서 가르는 바람
어느 바람을 따라야 생존할 수 있는지
미친바람에 엉금엉금 기면서
마침내 나는 알아서 꿈꾸었다
왜 골목에는 신호등이 없는가
질서 있게 바람 지나가도록 신호등 좀 세워주면 안되나
골목에 신호등이 없는 것은
우리끼리 지지고 볶다가 알아서 갈라지라는 것
그러나 절레절레 태풍을 밀어낸 담장 아래 도깨비바늘
처럼
찰싹 달라붙어 절대 떨어지지 말라는 것
손잡고 가라는 것

당신은 있다

면목동에서 면목동으로 이사한 지가 일년이 되어가지만
눈 내린 새벽 골목을 쓸어놓은 당신이 누구인지 모른다
아마 무릎보다 낮은 창을 가진 당신이
지표면까지 내려온 풍경 하나에 눈여겨보아둔 종아리 하
나가
무탈하게 지나가도록
새벽보다 먼저 나와 쓸어놓은 것이다
눈이 내리면 예쁜 종아리의 안부가 궁금한 것이다
늘 종아리가 지나다니는 당신의 풍경화
내 종아리도 어쩌면 당신이 관찰하였는지도 모른다
어쩌면 당신은
오누이를 방에 놀게 해놓고
밖에서 문을 잠근 비정한 어머니인지도 모른다
TV도 없는 방, 일 나가기 전에 아이들의 화면을
눈이 덮어버릴 거라고 생각하는
고단한 젊은 어머니인지도 모른다
늘 골목을 쓸어놓는 당신이 누구인지 모르지만 당신은
어딘가에 있다

길보다 낮은 방에서 누에처럼 꼬물거리며
언젠간 날개를 달 거라고 여전히 믿고 있는
당신은 있다
당신이 세상을 두 다리로 추월할 때
고독하지 말라고 당신의 착한 아이들도 당신 곁에 있다
당신이 서 있는 그곳에 항상 실존하는 당신
당신을 '우리'라고 믿는 나도
존재하지 않는 듯 당신 곁에 있다
당신 창가의 질경이 꽃대, 지금 메마른 척하고 있지만
사실은 뿌리로 당신을 받쳐들고 있다

겨울비

겨울비가 뭐 하세요?

나를 깨우는 소리에 놀라 잠에서 깬다

어제 자기의 배고픔과 세상의 배고픔을 끌어안고

음식물 쓰레기통 옆에서

저물어갔던 한 사내의 이름은

남루한 초저녁이었다

그의 위벽(胃壁)이 비에 젖었겠구나

나가보니 네시 삼십분, 아사 직전의 겨울이 씻겨내려간다

골목에서 발효되지 않은 술 냄새가 난다

누군가가 덮어준 패딩점퍼가

고요히 젖어간다

입고 갈 수 없는 무슨 이유가 있었던 것일까

내친김에 노숙 옆을 걷고 불면 옆을 지나 절망을 통과하
여도

그가 보이지 않는다

나는 그동안 인간의 실낱같은 생명력을 너무 믿었다

이 정도의 냉기

이 정도의 취기로

사람이 죽지 않는다 믿었다

그러나 소멸에 대해서는 아무도 장담할 수 없다

내가 잠들었을 때

초저녁에게 대체 무슨 일이 벌어진 걸까

아, 초저녁이 사라져버린 서울!

깊은 잠 들지 못하는 내 문학을 믿었던 것이다

나가보세요

나가서 보면? 그래, 뭐가 보이는데?

누구도 구하지 못하는 무능한 내 시(詩)가

고달픈 서정이 무거워 바들바들 버티다가 처박히고 있다

짜장면 오토바이 충돌 사건

거룩하기보다 고요하기만 한 골목으로
〈자금성〉 오토바이가 질주하고
〈영빈관〉 오토바이가 눈길을 가로지를 때
우리 식구는 배보다 가슴이 고파
짜장면을 시키지
시꺼먼 면발로 쉼 없이 찾아오는 허기를 축복하기로 하지
온 세상에 흰 눈이 내리는 크리스마스 전날 밤
우리는 왠지 순정한 흰빛보다 충충한 검정에 마음이 가지
이런 날 짜장면으로 우리의 빛깔을 공유하는 것도
모름지기 식구가 할 일
TV에서는 서양화된 젊은 예수가 자꾸 서쪽으로만 가지
저 양반 저러다가 큰일 내겠어
그가 골고다에서 옆구리를 찔릴 때
천둥 번개처럼 끼이익 쾅!
골목 끝 가로등 밑에 오토바이 두대가 널브러졌지
자금성과 영빈관의 정면충돌!
── 왜 와서 박아?
── 그래 내가 박았다

바쁘니 나중에 따지기로 하고 그릇을 챙기는데

내동댕이쳐진 짜장면, 짜장면, 또 짜장면, 아마도 죄다 보
통으로

말씀책의 말씀처럼 보기에 좋았지

이 골목 많은 동네에서는 너나 할 것 없이 크리스마스 만
찬을

짜장면 보통으로 통일하였다는 것이

누가 시키지도 않았는데 우리의 소원은 가끔 그렇게 통
일된다는 것이

살구나무 생각

팔십 고령이 지키는 〈우리 슈퍼〉에 싸락눈이 내리고
밤새 두고 온 살구나무 생각을 하다가
새벽이 내 창문을 기웃거릴 때
지난해에 다 마셔버린 일회용 커피를 사러 간다
문을 열고 들어서면
영감님의 핫바지 같은 진열장에 쥐포와 화장지와 기다림
이라는 컵라면들이
내 불면을 들여다보러 온다
나만 보면 슬슬 농담을 걸어오는 슈퍼 영감님은
새벽을 이기지 못하고 나이를 끌어안고 깊은 잠에 빠졌다
석유난로는 안성탕면과 서산어묵의 체온을 지켜주지 못
하고
꺼져버렸다
나를 뒤적거려보다가 나를 버릴 수밖에 없었던
스물몇 그녀처럼
벌겋게 달아올랐다가 까맣게 식어 있다
아마 늘어진 영감님의 자정(子正)으로도 그런 여자 한명
쯤은 지나갔으리라

깨우지는 못하고 영감님이 사수한 유통기한 안쪽을

주섬주섬 주워담아

돈은 나중에 드릴게요, 적어놓고 나오는데

──나 고쳐주고 가

난로가 잠결에 말한다 내 가게도 아니면서

어느 동네에나 한명씩은 있는 삼식이 삼촌처럼 심지가

타버린 난로를 고친다

첫새벽에 얼굴에 숯검정 바르며 휘영청

나는 이대로 살구나무 생각이나 하는 것이 좋다

제3부

아빠의 내간체
쑥국 끓인 날

아침에 너 깨우다 또 싸웠다 딸아

잠이 보약이라는데 숙면 한첩 따뜻하게 달여주지 못하는구나

울적하여 뒷산에 올라가 계곡에 앉았는데 물이 거울이더라

내 안이 다 들여다보이더라

심장이 쿵쾅거리고 위장이 출렁거리고 허파가 벌렁거리는데 허파 옆에 뭔가 있더라

못 보던 물건이라 눈이 가더라

털이 부숭부숭한 게 때에 많이 절었더라, 심보란 것이다

심보도 보자기인데 빨래하면 안될까

살면서 나도 모르게 허겁지겁 집어넣긴 하였지만 꺼내는 방법을 통 모르겠더라

꼬깃꼬깃 구겨져서 풀면 광목 한필이더라

잘못하면 죽을 때 그걸로 옷 해 입겠더라

나 좋다고 들어온 것 내치지도 못하고 그렇다고 품어주기엔 너무 거친 당신이더라

공연히 손수건을 꺼내 물에 몇번 흔들고 서향나무 가지

끝에 걸어놓았다

천리를 간다는 그 향기 위에 바람처럼 올려놓았다

물기가 증발할 때까지 기다리는 것이 아니라

봄볕이 깃들 때까지

기다리는 이런 마음으로

세상의 빨래들은 허공을 안았을 것이다

심보도 봄볕 앞에서는 꼼짝 못하더구나

심보가 비워졌으니 이제 가다가 들쑥 한 줌 담아가면 되
겠더라

역시 나는 석기시대 아빠처럼 항상 먹는 쪽으로만 눈이
가더라

손에 물 묻힌 김에 고르고 헹궈서

칼칼하게 쑥국 끓여놓았다

쑥 향기 날아가겠다 보충수업 대강 하고 뛰어오너라

콩나물국 먹는 날

오늘은 주인집 할머니가 우리 사는 지하방으로

자네 있는가, 새삼 다감하게 물어오는 날

기르는 콩나물 한 바구니 들고 오는 날

고맙게 받아서 국 끓이고 무쳐 먹지만

가끔은 콩나물이 싫다네

콩나물로 비유하면 지하방은 뿌리에 속해

집이 우리를 넉넉히 빨아먹어야 아지랑이 속에서

집은 바로 설 수 있다네

우리 식구 좋아하는 족발보쌈보다

딸아이의 보충수업비보다

유일하게 넣는 의료보험보다 조금은 더 비싼 방세를 올

려주면

주인집 할머니 팬더곰처럼

속이 안 보이는 콩나물 한 바구니 들고 오신다네

일하면 먹고 아니면 굶으며 결국 지하방에 도착하였지만

사실 우리는 집을 먹이는 뿌리혹박테리아

우리가 있어서 집의 부름켜에 따뜻한 피가 돈다네

애면글면 키워놨더니 미국 이민 가버려

숟가락이나 뜨고 사는지 들어갈 구멍이나 있는지
딸 아들 생각하며
주인집 할머니는 오늘도 콩나물을 기르고,
뿌리가 튼튼해야 줄기가 살지
가지도 살지 잎도 살지
그리하여 잎 끝으로 찾아오는
이른 봄도 살지 하며
김치도 내려주고 고구마도 내려주고 경칩이 지난 개구리
도 내려주지만
생때같은 방세 삼십오만원, 시원히 풀라고
콩나물 한 바구니 들고 내려와 슬그머니 쓰린 속에 밀어
넣고 간다네
지표면에 콩밭 한평 가꾸고 싶어지는
오늘은 콩나물국 먹는 날

전당포는 항구다

방세 두어달 밀리고 공과금 고지서는 쌓여만 가는데
죽을 땐 죽더라도 삼겹살 몇 덩이 씹어보고 싶어서
전당포 간다
육질이 쫄깃했던 내 젊음은 일회용 반창고처럼 접착력이
떨어져
오늘 하루 버티는 일에도 힘껏 목숨을 건다
언제나 돈 떨어지면 공연히 허기지는 것처럼
봄비 내리면 입이 궁금해
식구가 한자리에 모여 김치! 김치! 벙싯벙싯 웃었던
수동식 디카를 맡기고 십만원을 받는다
고기도 고기지만 우선 급해서
잔치국수 곱빼기! 커다랗게 시켜놓고 디카를 먹는다
필름 없는 국물에
찰칵찰칵 떠오르는 식구들을 먹는다
처음 내린 서울역 국밥집에서 땀 흘리며 씹었던 나의 쓸
개는 어디 갔나
홍릉수목원 생강나무 옆에서
나에게 쏟아지던 샛노란 양념, 온몸에 스며들 때까지

꾹꾹 절여놓은 나라는 이름이 가물가물하다

먼 것 당겨주고 벅찬 것 밀어주던 디카, 허기 속에 밀어넣고

우적우적 깍두기를 씹으며

울렁거리는 서울을 새삼 사랑한다

멀미로 채워진 위장을 내려놓고 창밖을 내다보니 멀리

개나리 흐드러진 정육점이 아련한데 고기 생각 어디론가 사라지고

봄비 내린다는 이유 하나로

저기 저 내가 전당포 간다

그래, 불러야겠다 이쯤에서는

아직도 잔술을 파는 골목 안 밥집처럼

전당포는 항구라고

궁둥이 자국

새 의자를 들이고
이십년 넘게 나를 받들다가 내 궁둥이를 닮아버린
헌 의자를 대문간에 내놓았다
궁둥이에 기대어 밥을 먹은 내 허기와
궁둥이에 기대어 책을 읽은 내 허기와
궁둥이에 기대어 불면을 견딘 내 허기 위에
비가 내렸다
언젠가는 기어이 발굴되어야 할 우흔(雨痕)처럼
좀이 먹어버린 헌 의자를
십분 정도 추모하는 사이
자박자박 혼인 듯 귀신인 듯
서늘한 것이 다가와 내 사내를 스윽 핥고 사라진다
무슨 억하심정으로 내 중추신경을 건드리는가
이별식인가, 그런다고
내가 추방한 낡은 상상력을 도로 들어앉힐 수는 없었다
이십여년간 끙끙 궁둥이로 적어내린
내 목질(木質)의 상상력이
담장 너머 목련꽃을 깊숙이 들여다볼 때

분리수거 할머니가
의자를 해체하여 쇠붙이는 가져가고
내 궁둥이 자국만 선명하게 남겨놓았다
이제 모든 것이 끝났구나 새로 살면 되겠구나
남은 것은 궁둥이 자국뿐이었다
내 궁둥이를 안고 불알의 무게를 측량하였던
그 많은 불면과 식사는 모두 버려지기 위한 예습이었다
씻고 벗고 알궁둥이밖에 남은 것이 없는
궁둥이여 잘 가라

불러요 콜택시

누가 누군가를 부르고 있다는 것 다 압니다

이 순간에도 들리지 않지만 어떤 이가 어떤 이를 부르고

있다는 것 다 압니다

초록의 염원이 에워싸고 있는 유월입니다

나무가 꽃을

꽃이 깨지 않은 새벽을 불러모읍니다

주식회사 〈불러요 콜택시〉 배차장 앞에서

자전거를 세워놓고

차가운 커피 한 잔을 홀짝거립니다

조금만 더 기다리면 새벽이 올 겁니다

밤새 마른번개가 치는 배차장 앞

인공 숲에서

무수히 나를 불렀던 직박구리 한마리가

힘껏 열어놓은 여명에 흠뻑 젖을 겁니다

밤새 호명된 택시는 고작 여섯대이고 돌아온 택시도 고

작 여섯대인

이 배차장의 새벽은

어떤 이에겐 깊은 초저녁,

마지막 남은 희석주를 마시고 벤치에서 돌아눕는 그 시
간입니다

오늘은 당신을 직박구리에게 맡기고

아내가 부스스 눈을 뜨는 집으로 가야겠습니다

밥집 일 나가기 위하여 밥을 먹는 아내에게

밤새 당신에게 들은 새벽 바다 이야기를 들려줄 생각입
니다

당신은 틈틈이 애인의 이름을 불렀고

그때마다 콜택시는 전조등을 켜고 돌아왔습니다

하지만

당신이 당신 이름을 부를 땐 응답하지 않았습니다

당신이 당신을 부를 힘은 남아 있지만

당신의 호명에 대답할 힘이 당신에겐 없었습니다

새벽이 새벽의 이름을 불러주며 서서히 눈을 뜨는 〈불러
요 콜택시〉 앞,

내가 나를 부르며

수없이 '깨어나라'고 외쳤던 그 막막한 어둠을 기억하며

나는 지금 여명을 향해 페달을 밟습니다

장엄한 세수

폭탄주에 쓰러졌다가 눈을 뜬 아침에 알았네
내 어깨에 아이 둘이 대롱대롱 매달려 있고
아내가 화장품을 안 사기 시작하였다는 것을
그 벼락같은 아침에
번쩍하였네
시래깃국 냄새 번져가는 반경까지
이웃과 어울려 살 기회가
세상에 있어 도움 안되는 나에게까지 주어진다는 것에
전율하였네
어제는 어느 나라가 어느 나라에게 대들다가
물먹었고
또 어느 나라에서는 민간 항공기가 추락하였고
집, 울, 지붕이 날아갔다는 아침 여섯시 뉴스를 들으며
나는 못난 수캐처럼 컹컹 흐느끼고 말았네
그래, 다 내가 그랬네
나의 무심함이 끝까지 바라보아주지 않아서 그리 되었네
떨리는 아침, 세숫물에 비친
내 얼굴에도 주름이 지고 감사하게도 새치가 고뇌처럼

돋아나네

　부끄러우면서도 살아 있는 것 황홀하네

　때 묻은 얼굴 경작(耕作)하다가, 세수할 수 있다는 것이
어찌 이렇게 오늘따라

　장엄한가

　어서 씻고 밥 먹고 콩나물시루 같은 버스에 올라

　밥벌이하러 가야겠네

　오늘부터는 무슨 일이 일어나도 끝내 행복하고야 말겠네

열 수밖에 없다네

길을 걷다가 우연히
허파와 심장과 간 꺼내놓고
빈속을 활짝 열어젖힌 그를 보았다네
프라이팬 위를 걷는 것처럼 지글지글 끓는 날에
그의 궤적을 따라가보면 그 많던 쓸개가 하나밖에 없다네
귀만 달콤한 말에
척, 배 속을 열고
시큼한 사과 한알에 배 속을 열고
어떨 때는 공연히 배 속을 열어
237리터짜리 위장은 언제 다 채우나
물간 고등어 불러들이고
김빠진 맥주 불러들이고
생의 220볼트 전압이 끊어질 때까지
선득선득 찬바람 불 때까지
필연 제 것이 되지 못하는 만찬을 안고
영하로 곤두박질치는 그는
온 세상의 가난을 다 달랠 듯
한잔 꺾고 들어온 빈 병같이

옆의 사람 속이 어느지 타는지도 모르고,
누군가에게 들어가기 위하여 노크하는 세상은
사람이 사람을 존경해도 피 보지 않던 시절 이야기
문을 닫아야 한다고 그렇게 다짐하면서도 헬렐레 또 문
을 열어놓는, 당신 서 있는 씽크대 옆의 냉장고
손댈 것 없이
그냥 엉덩이로 툭 밀어 닫으시라

그런데 세상은 왜 이리 신기한가
또 빠끔히 열어놓고 세상을 바라보는
그 시인

물결무늬 의자

아들 다섯살 때까지 미루어왔던
결혼식을 올리고
제주도는커녕 부곡온천 변두리 여관에서 늦은 첫날밤을
치른 물결무늬 의자가
조수석에 앉아서
인생은 참 아름다운 것이라며 물색없이 눈물 찍어내릴
때,
똑똑
차창에 빗방울 떨어지며
정말 그렇게 보이기 시작하는 운전석의 의자가 황홀하게
도 나였던 그날
제법 사람 형상을 갖춘 딸이 의자의 태반을 가득 채워주
고 있었다

모든 일은 필연이어서 지금 고3이 된 딸은 아름다운 것만
보면 서럽게 운다

오래 나를 받쳐오다 알이 배어버린

의자의 다리를

주물주물 주물러주는데 의자가 나에게 양보한 살뜰한 휴식이 단단하게 뭉쳐 있다

거기가 나의 목젖쯤인지

오목하거나 볼록하거나 재미난 곳만 찾아다닌 내 손도

무엇이 복받쳐 물결처럼 넌다

미안하다 미안하다

달빛 앓는 소리에 잠에서 깬 밤, 여전히 그녀에게 인생이 아름답기를

득음(得音)

아무 생각 없이 놀이터 옆을 지나가다가
너 이제 오느냐?
소리를 들었다
밤이 이슥하여 집들은 불을 끄고
젖은 별빛이 미끄럼틀에 내렸다
그림자 하나가 그네에 앉아 있더니 천천히 내 옆을 스치고 지나갔다
누구였을까
집중호우와 바람의 뒤끝을
거칠게 연주하던 여름이었을까
터져나오는 귀뚜라미 소리에 제대로 여름을 배웅하지 못하였다
기다렸지만 항상 밀쳐둔 곳에서 귀뚜라미가 운다
혼자 마중하기에는 언제나 벅찬 가을밤
집으로 달려가 아내를 데리고 나왔다
철봉 아래에서 시소 아래에서 미끄럼틀 아래에서
귀뚜라미가 운다고
모든 걸 내가 그렇게 배치하였다고 말했더니

아내가 싱긋 웃는다

이제 그런 썰렁 개그 그만할 때가 되지 않았느냐고

이 서울의 밤

귀뚜라미 소리가 밥이 되겠어? 아이들 학교 가는 차비가 되겠어?

하지만 아직도 경청이란 걸 할 줄 아는

우리들의 득음을 어찌 생각하시는가?

여전히 숨 가쁘게 달려온 아내의 채널에서

가을밤을 틀어본다

아내의 시간

지금은 아내가
인터넷으로 주문한 내 접이식 자전거를 조립하고 있을
시간이다
안장의 높이를
배꼽 높이로 맞추어놓으라고 했는데
분명 내 배꼽이 아니라
자기 배꼽 높이로 맞추어놓고
두마리의 기러기처럼
신호 주고받으며 내달리는
행복한 행진을 준비하고 있을 시간이다
핸들에는 식빵과 커피 두개가 실릴 바구니를 달고
우리가 우리를 관망하기 좋은 위치에서 잠시 멈출
브레이크를 조일 시간이다
기어는 내가 가을 숲길 같은 아내의 기울기를
가을 속도로 오르도록 맞추고
타이어에 바람을 빵빵하게 넣을
그 시간이다
인생을 사륜구동 위에 올려놓고 쾌속질주하는 동창생들

사이에서
　　내가 노변의 코스모스처럼 휘청거릴 때
　　군대 간 아들과 고1 딸을 태우고 아직은 더 달려야 닿는
　　달의 뒷면으로
　　아내가 천천히 페달을 밟아보는
　　바로 그 시간이다
　　흘러간 옛 노래가 나를 녹이고 스무살쯤의 오만이 내 술
잔에서 넘쳐나도
　　어쩐지 고귀한 슬픔처럼 아내가 보고 싶다
　　여전히 나를 기다리는 외등 아래에서
　　완성된 자전거를 가만히 바라보며
　　내 아내가 꿈을 꾸는 시간이다

중랑천 달빛

나 보러 오는 스무살 엄마가 막배에서 내려
섬길 걸을 때
손에 뭐 들었나 기웃거리던 달빛이
오늘은 추석을 하루 앞두고
중랑천 여울물에 기대었습니다

추석에 일 나가면 만원 더 받아
밥집 일 나간 아내 기다리며
중랑천을 걸으면
이곳도 누군가의 고향
총총걸음 걷는 엄마 달빛들이 예쁩니다

물에 뛰어들기 전에
신발 벗듯
무거운 간과 쓸개 다 꺼내어, 연휴 끝나면 돈만 벌어야겠
다 결심하고
달빛 끌고 온 마음 아는지
딸이 쿵쿵 술 냄새를 맡아봅니다

딱 한잔만으로도 가득한 달빛에
벌써 나는 중천에 떠올랐습니다

볼우물

　나도 언젠가는 마루 끝에 나와 앉아 계절에 맞는 홍시를 먹어야겠지

　이웃이 두고 간 정을 반으로 잘라서 숟가락으로 퍼 오물오물 먹어야겠지

　오물오물 먹는 입술과 움푹 들어간 볼은 저녁 저물 때까지 내가 살아 있다는 뜻이지

　볼우물이란 것

　그것이 생기면

　나 홀연히 동네 우물로 달려가 몸속 깊은 곳으로 두레박을 내려야겠지

　내 몸속 뜨거운 것들은 이제는 비워져

　두레박이 닿는 소리 텅텅 울리고

　커다란 울림은 역시 뼛속이 통기타처럼 비워져야 나오겠지

　그때 나는 물컹한 홍시로 로망스를 연주하지 물컹물컹 일 없어 들녘에게 미안한 가을이겠지

　누구나 한생을 힘껏 살다보면 홍시를 먹어야 할 때가 오지 먹다가 깜박 잠들고 일어나면

담장 너머 향기로운 홍시로 매달려 있지

무른 홍시로 두 볼이 발씸발씸 나도 그렇게 아름다워지
겠지

우물 속의 달처럼 물 한 두레박 퍼올려놓고

세상에 나와서 아무것도 하지 않은 듯 오물오물 그저 은
은하게 사그라지겠지

동네에서 말 안 듣는 녀석들 죄다 모여서

나 하나는 있는 듯 없는 듯 재잘재잘 내 주위를 맴돌겠지

갈증들 찾아와 물을 찾으면

그대의 뒤뜰에서 발을 씻고 있는 늙은 아버지를 무심히
가리키겠지

세상에 나와 홍시 하나 먹고 가는 인생 덧없고 즐거워라

빤쓰맨

빨간 내복이 망사 브라자와 검정 빤쓰를 입은
지하철 입구에서
닳고 닳은 청년이 천원권 지폐 뭉치를 움켜쥐고
무조건 천원을 외친다
쉰 목소리 위에 할머니들 빤쓰까지 뒤집어쓴 서울
참 여러가지 하는구나 싶어도 눈이 간다
늦은 저녁 위로 펄펄 눈이 내려
누구라도 누군가를 한 꺼풀 덧입히고 싶은 날
지갑이 얇아 형편은 안되고
포장이 벗겨져 알몸뚱이만 남은
빤쓰를 고른다
하루 쓰면 구멍 날 일회성을 즐기며 흥얼흥얼 뒤진다
그 흔한 비닐 포장지도 입어보지 못한 빤쓰들의 설날이
일년에 한번씩 찾아와주어서 고맙다
마누라 생각 딸 생각 군에 간 아들 생각
저 마산에 뚝 떨어뜨려놓고 온 노부모 생각
하나씩만 고르는데
이것 참, 손이 민망하다 어느새 빤쓰의 감촉이

내 손에 다가와 찰싹 달라붙는다

벌거벗어야 벌거벗은 것에게 다가갈 수 있는 것이 지상의 예절이다

그러고 보면 나도 어지간히 헐벗은 것이다

만원 한장을 깨고도 거스름돈이 남아 왕창 사들고 오는 나는

빛나는 아들이고 아버지고 한 여자의 애인이다

나도 빤쓰 한장 뒤집어쓰고 몇만 피트 허공에서 초음속으로 노는 것 두렵지 않다

벗겨지는 빤쓰를 부여잡고 날쌔게

어, 어, 어, 제발 추락하지 않을 만큼만 광속으로 노는 것 두렵지 않다

하지만 발바닥에 땅이 밟힐 때만

울트라 파워를 낼 줄 아는 나는

아직 지상은 평화롭다고 믿고 사는 이 시대의 빤쓰맨

다 입어도 안 보이고 다 벗어도 안 보이는

나는

오늘날 쑥스러움들의 마지막 보루

이동화장실

이동화장실 앞에서 사진을 찍는다
어제 내린 눈으로 화사해진 화장실이
빛을 많이 받아서
조리개를 조금만 열고 셔터 속도를 빠르게 했다
항문처럼 꽉 조여지는 영상이
선명할 것이다
겨울 들어 가장 추웠던 어제,
지하로 내려오는 계단이 꽁꽁 얼어붙어
몇년 전에 쓰던 스패너를 꺼내
계단과 얼음이 한통속이 된 접점을 풀었다
잘 되지 않아 쾅쾅 두드렸다
보일러도 얼어버려
종일 뜨거운 물로 보일러를 녹이던 아내는
투덜거리며 포기하였는데
한 십분 후에 뜨거운 물이 돌기 시작하였다
꽁꽁 얼어붙은 내 밥벌이도 드디어 궁둥이가 뜨뜻하고
노골노골할 때가 되었다
변비처럼 꽉 막혀 있던 밀린 임금도

따르릉 전화 소리를 내며

수도꼭지처럼 쏴아 터져나올 때가 되었다

뻥 뚫린 기분으로 아내와 나는 중랑천 둔치까지 걸었고

변비를 날려보낸 기념으로

사진을 찍었다

우리 아닌 누군가가 이동화장실에서

콸콸콸 물소리를 낸다 시원하겠다

아내가 새로 일할 택배회사의 이력서에는 속을 완전히
비운 사진이 붙을 것이다

이력서만큼 무엇을 진지하게 적은 적이 없는 당신에게

봄이 제대로 찾아오지 않는다면

이동화장실에서 급한 불부터 끌 일이다

나 호흡에 키스하리

이 지하방에서 길 건너 지하방으로 구멍을 뚫어가고
저 지하방에서 이쪽으로 구멍을 뚫어오면
골목 아래 어디쯤에서 구멍들이 만난다
거기서 이야기하고
밥 먹고
또 사랑한다면
구멍들이 입김으로 가득 채워진다
그 질긴 입김은 집의 뿌리
모든 집들은 입김 위에 세워져 있다
사람 사는 집은 백년 가고 사람 없는 집은 십년 가는 이
유가
모두 입김 때문이라는 걸
반평생 남의 집을 수리해온 옆집 설비공 장씨에게 들었다
고층빌딩에 사는 사람도 구멍을 뚫는다
이 빌딩에서 저 빌딩으로 구멍을 뚫어가면
틀림없이
허공을 만나 추락한다
빌딩과 빌딩 사이의 허공이 지구를 받쳐주는 기적도 추

락한 당신의 입김 때문

　나는 오늘도 구멍을 뚫는다, 끈질긴 구멍에서 뿌옇게 살
아남아

　당신 가슴에 구멍을 뚫어드리고, 언제까지라도

　나 호흡에 키스하리

은행나무

사람 안 들기 시작한 방에 낙엽이 수북하다
나는 밥할 줄 모르고,
낙엽 한 줌 쥐여주면 햄버거 한개 주는 세상은 왜 오지
않나
낙엽 한 잎 잘 말려서 그녀에게 보내면
없는 나에게 시집도 온다는데
낙엽 주고 밥 달라고 하면 왜 뺨 맞나
낙엽 쓸어담아 은행 가서 낙엽통장 만들어달라 해야겠다
내년에는 이자가 붙어 눈도 펑펑 내리겠지
그러니까 젠장,
이 깔깔한 돈 세상에는
처음부터 기웃거리지도 말아야 하는 것이었다
아직도 낙엽 주워 핸드백에 넣는 네 손 참 곱다
밥 사먹어라

제4부

아빠의 내간체

실연의 힘

가로등이 앞으로 굽은 것을 보면
가로등 앞에 얼굴을 기댈 누군가가 있었을 거야
그 누군가는 표정이 깊고 눈썹이 조금 처졌으며,
달뜬 손으로 가로등의 등을 감쌌을 거야
눈비 오거나
가로등이 흑흑 울 때
그는 조용히 가로등을 달래고
'방 한 칸도 없지만 이대로도 좋아' 하며
단단한 어깨에 가로등의 얼굴을 당겨 안았을 거야
가로등의 허리를 안고
가로등의 고독을 쓰다듬으며
좀처럼 켜지지 않는 가로등의 몸을 켰을 거야
가로등이 고개를 추켜세워 하늘을 비추지 않고
낮은 생태계를 밝히는 걸 보면
가로등의 그가 가로등보다 키가 조금 작았을 거야
가로등만 있고 가로등의 그가 보이지 않는 것은
그가 없다고 믿는 우리가 그를 지웠기 때문이야
그는 쓰러지며 가로등에게

기다릴 것 없다고 말했을 거야

그 말을 가로등이 믿지 않더라도

다른 가로등을 찾아간다고도 말했을 거야

아빠도 엄마 만나기 전에 실연 한번 당했어

나보다 키가 작은 그녀의 입술에 닿기 위하여 고개를 숙
여야 했지

그때 불현듯

민들레와 달팽이들이 가꿔놓은

발아래 세상이 보이기 시작했어 누가 그러더라

사랑해본 사람만이 사랑할 줄 안다고

살다보면 사랑이 멀어질 때도 있을 거야 넌 흔들리지 말
고 낮은 곳을 바라보아라

보아주는 것만으로도 그들은 행복할 거야

넌 꼭 그래라

아버지의 걱정

올해는 중랑천 둔치 길의 장미가
가시가 여물기도 전에 피었는데
각시붓꽃은 보름이나 늦게 피었다
입시를 앞둔 딸들의 보충학습처럼
어쩐지 지구의 자전도 늦게 귀가할 것 같다
볼수록 흐릿한 백내장에 관한 일기를
최근에는 자정이 넘도록 적었지만
유월로 접어드는 첫날에도
황사는 자욱하다
개똥지빠귀 한마리가 이제 물들기 시작하는
버찌를 쪼아 먹는 광경을 보면서
먹고사는 일이라는 것이 참으로 엄숙하다고 생각해보았
는데
하루 두어 끼니 건너뛰며 사는 것에 비하면 별것 아니다
오래 걸어둔 냄비는 왜 저렇게 땡그랑땡그랑
풍경 소리를 내는지
21세기에도 가난은 왜 이토록 힘이 센지
개똥지빠귀처럼

날개도 부리도 가지지 못한 내가

아, 착한 내 딸이 대학에 들어가고

걱정 마라 등록금쯤은 아비가 마련해놓았다고 말할 그날
에도

지구여

무탈하기를

오늘은 일요일이라 노인도 청년도, 데리고 나온 시츄 강
아지도

일본발 방사능이 절망처럼 스며드는

산책길에서 나른하다

물색없이 붉은 장미 한 송이도

모두 내가 지은 결과이니

꽃들아 할 말이 없다

화살나무의 과녁

중랑천 시민공원 두번째 정자에서
노숙자 한 사람과 삼십대 실직자 한 사람과
생활보호대상자 한 사람이 안주도 없이
곡기만 많은 막걸리를 마셨다
좀 먹은 것 같은 기분이 들 때까지 쭉쭉 빨아 마셨다
천변을 음악 속으로 끌어들이는 털매미 소리가 홀짝홀짝
취하였고
개똥지빠귀가 정자의 난간에
긴 시간 앉아서 무슨 이야기가 그리 시큼털털한지 듣고
있었다
노숙자의 소원은 기껏해야 텅 빈 벤치였고
실직자의 소원은 일당 일이라도 매일 있는 것이었고
생활보호대상자의 소원은
언감생심 인간다운 생활이었지만
한 차례 꿈에서 깨어난 뒤로는 다시 그 꿈이 꾸어지지 않
았다
한 순배 돌자
집이니 일이니 생활 같은 것들이 비뚜름하게 취하여 쌓

아놓은 말들에 틈이 생기고
　종내에는 와르르 무너졌다
　정자 옆에 화살나무 한그루 있어
　언제라도 시위를 떠나리라 마음먹고 있었다
　화살나무는 팽팽히 당겨져 있었다
　좀 갈라 먹자 갈라 먹자 늦여름 바람이 시위에서 투덜거려
　셋이 돌아가며 한 잔씩 부어주었다 그러거나 말거나
　종로 3가로 가는 1호선 전철을 따라
　어찔어찔 과녁이 엉덩이를 보이며 사라지고 있었다
　살 한점 툭 끊어서 직지글 굽고 싶은 그런 날에는
　역시 막걸리 세 통은 먹어야 허기가 가시는 것이었다

소나기 공장

함박눈 오는 날에도 차르륵 차르륵
끈 공장 안에서는 소나기가 내린다
소나기를 모아서 긴 끈을 만드는 처녀들은 사연의 직공
그대와 그대들 사이의 간격은 멀어봐야 지구 한바퀴여서
이어 붙이는 것은 일도 아니다
빗소리로 이어진 생은 꼭 어딘가에서 다시 만나리
추녀 아래에서 버스정류장에서
운명적으로 마련된 우산 아래에 서리
소나기 소리로 직조기가 돌아가는지
직조기가 소나기 소리를 내는지
잘 모르겠는 축축한 정오
처녀들은 언제나 빗속의 첫 키스를 새 작업복처럼 개켜
두고 있다
오늘 만든 등산화 끈으로 짧게 이어진 인연이라면
새벽 약수터를 지나가다 누군지 모르면서
인사하게 되리
장터목 산장에서 새벽 커피를 나누게 되리
파란 작업복을 입은 처녀들이 까르륵대며 점심을 먹으러

가는 시간

　꼭 한명은 공장에 남아

　소나기 속으로 멀어져간 끈의 저쪽을 궁금해한다

　쏴아 쏴아 소나기 공장에선 소나기 내리고

　소나기의 뒤끝을 단단히 잡고 생의 비밀을 찬찬히 짚어
가면

　거기에 잔업을 밝게 켤 플러그가 나온다

　아직도 누군가의 사연이고 싶은 내 정전(停電)에 꽂아주
면 좋겠다

　소나기 공장에는 소나기 내려, 소나기로 단단히 단화를
묶는다

직박구리들의 서울

집 밥이 먹고 싶은 한 사내가
밤새 낯선 입술에 넋두리를 적어놓고
모텔 문을 열고 나온 뒤
슬픔슬픔 직박구리들이 돌아오지
십만원에 훌쩍훌쩍 우는 여름밤이 허공을 열어 허공을
조여줄 때
모두 휴가 가고 이 서울이 비어 있었다는 거
자칫 고독에 눌려 죽을 뻔했다는 거
아무도 모르지
멋모르고 사는 것이 서울을 지켜주는 거라는 거
아무도 모르지
푸석푸석 부은 눈과 두툼한 허기로 새벽이 총총걸음을
걷고
직박구리들과 슬그머니 합류하는 그가
어디로 가는지 알 필요는 없지만

아빠
무사하세요

꽃다운 시

능소화 한 가닥 흐드러지게 피어
창문이 보일락 말락 한 지하방에는
방바닥보다 화장실이 높이 있어서
서너 계단 밟고 올라가야 변기통이 있다는 거
혹시 아나

우라질 놈의 변기통이 고장도 잘 나

우리 모두 배 속에 똥 모셔두고 사는 걸로
위안하며 살자

이렇게 꽃다운 시로 읊어가면서

적란운

한번도 같은 모양을 보여주지 않는 구름 아래에서
지붕 없는 살림을 활짝 열어놓고
아이들이 소꿉놀이를 한다
엄마와 아이는 있는데 이상하게 아버지가 없는 소꿉놀이
위로
톡톡 빗방울 떨어진다
구름 따라 바람 따라 물떼새를 따라
언젠간 도착할
방사능 빗속에서도
일곱살 엄마가 조물조물 나물을 무치고
일곱살 아들과 일곱살 딸이 엄마의 핵분열 수프를 착하
게 기다린다
원래 적란운이란 것이 천둥과 벼락을 만든다고 들었다
우르르 쾅쾅
공기가 희박한 아이들의 저녁으로 번개가 끼어든다
하나가 울고 다른 아이가 울고 이 세상에 아직 오지 않은
아이까지 울어도
일곱살 엄마는 용감하게 저녁상을 차린다

언젠간 폭발할 저녁상을 차린다

이미 멜트다운된 아버지들은 지나간 젊음의 연료봉이
어서

지금 이 자리에 없다

대체 아버지들은 무엇을 위하여 분열하는가?

——집에 돌아가라, 비 맞으면 안 좋아

기껏 한마디 해놓고

나는 다시 내 속에 베크렐 단위로 은둔해버린다

아내가 걸어두고 나간 생존전략에는 두부 한 모가 빠지
지 않고

나는 비 내리는 씽크대에서 다시마 국물을 뽑는다

중랑교의 휴식

그늘을 나누자고 말한 적은 없지만
내가 쓰는 그늘에 대하여 그는 한마디도 하지 않았다
다리 밑에는
중랑천의 물 냄새도 그늘을 탐내었던지
정오부터 모여들어 드라이아이스 같은 안개를 피워올
렸다
자전거 길에 절반쯤 낡은 자전거가 걸쳐져 있었고
그는 자전거에 기대어 낮술을 마셨다
다리 밑의 그늘이, 차바퀴의 그늘이, 술 취한 빈 병의 그
늘이
그와 나를 가려주었다
온 세상이 금요일의 속도로 서류 뭉치를 뒤적일 때
프레스기를 찍어 누를 때
나는 일요일이었고 그는 공휴일이었다
중랑천의 물줄기처럼 가끔 가득하였고 가끔 자작했던
나를 확인하기 위하여
정오의 햇볕 속으로 걸어들어갔던 내가
잘 삶긴 무처럼 그늘로 들어오자

흘낏 한번 쳐다보고 그걸로 그뿐이었다 그 순간 알아차
렸다
  그와 나는 휴식을 피하여
  휴식 속으로 숨어들었다는 것을,
  다리 밑의 그늘은 모두 그를 위해 존재하는 것이지만
  내가 써도 신경 쓰지 않았다
  그는 언제나 죽도록 일하고 싶은 공휴일이었지만
  세상은 휴식만 주었다
  가끔 떠내려오는 잉어의 사체처럼 허리가 꺾여 있어도
  그를 일으킬 사람 아무도 없었다 단지
  아비 꽁지를 물고 따라나선 도요새 새끼처럼
  그의 딸이
  옆에서 노가리 안주를 주워 먹고 있었다

나팔꽃 담장

외치기 위해서 속을 보여야 하는 꽃 있다
담장 높고 창살 꽂고 철망 친 그 집에
고요한 외침 있다
대문이 닫힌 빨간 벽돌집에는
근처에만 가도 컹컹 개 짖는 소리가 귀청을 물어뜯는다
삐익삐익 방범 벨도 짖는다
저러고서 편안한가
지나가는 사람마다 한마디씩 하는 그 집에
나팔꽃 나팔꽃 산사태처럼 피었다
머뭇머뭇 터질 듯 피었다
사람 그림자는 보이지 않고 나팔꽃 뇌관처럼 아찔하다
나팔꽃 보면 저 집 초인종 누르고 싶지만
날카로운 말에 찔릴지도 몰라 문 앞에서 기웃거리다
길고양이도 피해갔다
여름 한철 다 지나도록 빨간 벽돌집은
굳건히 닫혀 있다
나팔꽃 저렇게 피워올릴 줄 아는 사람들이
우리 시선이 찔려 눈 아린 걸 보지 못한다

하지만 누구 한 사람은 있어 나팔꽃 철망 위로 선뜻 올려
놓았다
　볼이 빨간 그 아가씨가 올려놓았다
　외치다 쓰러지는 꽃 있다
　외친다는 것은
　목젖까지 당신을 받아들이는 것
　울컥할 때까지 당신을 사랑해보는 것
　이 여름의 끝이 가을이 아니라 절망일지라도
　나팔꽃 나팔꽃 시들어갈지라도
　흔쾌히 시드는 법 아는 꽃
　그 집에 있다

바람의 세계

지하방에서 지상의 방으로 날아오르는 날
올해 15호 태풍 볼라벤이 서울을 스쳐지나갔다
이제 물 담을 걱정 하지 않아도 되는데
내 허파에서는 아직 젖은 벽지가 흘러내린다
아들 녀석은 저 혼자 먹고 잘 살겠다고 따로 방 얻어 나
갔으니
고3 딸과 아내와 나는
이불 홑청 말리듯 창가에 모였다
항상 치켜다보아야 했던 세상 풍경이 내려와 있어서 당
황스럽다
이 높이가 정상인데 바로 놓인 눈이 도리어 어색하다
아내도 둥둥 딸도 둥둥 나도 둥둥 허공에 떠 있다
아직은 월세 사십만원이 우리를 휘감고
하수도보다 낮은 방으로 언제 끌어내릴지 몰라도
이 순간이 생일이기를
창가에 서 있다가 우리 세 식구 벌러덩 방에 드러누워본다
아, 하늘에는 이름 없는 새들
빛으로 향하는 전선

어느 것이 광통신인가

지하방에서 지상의 방으로 생각을 바꾸는 데만 이십여년

어느 줄을 잡아야 늦어버린 시간을 만회할 수 있는가

먼저 태어난 14호 태풍 덴빈이 나중에 태어난 15호 태풍
볼라벤을 뒤따라온단다

바람의 세계에도 연착이란 게 있구나

우리 오늘부터 지상에 산다

두 여인이 나를 가운데 두고 행복하게 운다

네가 꿀배를 팔 때

김장배추 심어놓은 것이 손바닥만하고
방아꽃이 피어 추어탕 생각나는 점심나절 너는
예비군 모자를 쓰고 길 위에 섰다
가을 하늘이 뼛속에서 푸른 너는
밥도 되고 반찬도 되는
작은 농업의 영농일기다 그 촘촘한 기록들이
제대로 읽히지 못해
체면? 그런 것 개 밥상에 던져주고 국도변에 나와서
꿀배와 꿀사과와 꿀다래를 내놓고
지나가는 차들에게 꾸벅꾸벅 절을 한다
그 옆을 지나가던 나는
너를 조금 안다고 꿀배를 몇개 사가려는데
한여름 수숫대처럼 꼿꼿했던 네가 나한테까지 허리를 꺾
는다
이게 어찌 농부의 가을인가
서울 사는 게 무슨 벼슬이라고
눈치 보며 몇 줄 적은 비겁한 서정이 또 무슨 벼슬이라고
찰랑찰랑 낚싯대를 흔들며

소나기도 물꼬도 소쩍새도 없는 만원으로
너의 생존을 찔러본 것일 뿐인데
이미 나는 너의 소문을 초라한 가을바람에게 들었다
밤이 이슥도록 독을 타듯 진도 7.5의 귀뚜라미 소리를
꿀배에 새겨넣었다더라고
네가 꿀배를 팔 때
귀뚜라미 아파 먹지도 못하고
마산발 서울착 새마을호에서 너의 꿀배에 귀를 대어본다

기념사진

직장 상사의 딸 결혼식이 있던 날
우리는 욕심껏 착지한 회전의자에서 나와
잠깐 한자리에 모였다
너는 한물간 자존심이었으므로
너의 등장은 조롱거리도 되지 않았다
나는 너를 조금 알고 있었다
시장 좌판에서 시원한 수박을 외치는 이동슈퍼의 확성기
소리에서 크레인 꼭대기에서
잠깐잠깐 너의 환영(幻影)을 보았다
너는 어디에나 있었다
길 위에서 쓰러져 자는 너를 본 것도 그리 오래되지는 않
았다
너는 그림자였고
너의 몸이었던 자존심이 너보다 높은 목청으로 너를 강
변하였다
그 자존심이
휘어진 상다리가 바로 설 만큼 먹고
식구들을 먹이겠지 뻔히 아는 것을 개 줄 거라고 크게 떠

들며

　잡채와 돼지수육을 싸 담았다

　우리의 빛나는 비굴이 웬만큼 먹고 축 늘어져 있을 때

　너는 잡채 같은 자존심으로 아슬아슬하게 서 있었다

　우리의 관계가 기념이라는 이름으로 한자리에 들어섰다

　지나친 노출과 짧은 속도로 초점을 잃어버린 그 한낮의
기념사진

　너는 웃고 있었지만

　가만히 들여다보면 나의 야만이 너의 아픔을 누른 것이다

　돼지수육이 삐져나온 검은 비닐봉지라니!

　너는 식어가는 잡채와 돼지수육으로 우리에게 빳뀨를 먹
이고 있었다

　그때 잡채와 돼지수육과 콩나물 대가리가 팍팍 무쳐진

　2012년이 회전 뷔페처럼 돌아가고 있었다

오목눈이 집

탱자나무 울타리는 필시 오목눈이의 집이야

날 선 가시가 사방에서 찔러오고 방심한 쪽에서 또 찔러
와도

오목눈이 식구들은 가시에 찔리지 않아

밥도 나눠 먹고 친구도 초대하고 얼키설키 열린 지붕으
로는 초라한 별빛도 들어

가시는 그냥 인테리어일 뿐,

생애에

집 한 칸 마련하지 못한 사람들에게는 집이 목 안의 가시
라서

꿀꺽꿀꺽 밥 넘길 때마다 목젖에 집 한채씩 지어지지

집을 목젖에 건 사람들은 월세 내는 날을 큰방에 모셔두
고 살지

그날은

생각만 해도 마음이 오목해지는 아내가

밥집 일 나가 물고 온 돈에서

철철 피 흐르는 냄새가 나는 날!

그래도 방은 따뜻해

탱자나무 울타리에도 주인은 있어

안 쓴 물세를 더 받아가도

가시에 모여 앉아 오목눈이 식구들은 또 사랑을 해야
하지

억울한 마음 더 들기 전에

오목한 그릇에 밥 꾹꾹 눌러 담는 힘으로

사랑해야 하지

오목눈이가 가시에 찔리지 않는 것은 찔려도 찔려도 누
구에게 말하지 않았기 때문

그깟 일로 살고 싶은 열망에 흠집을 낸다면

언젠간 지하방을 박차고 올라 상처로 지저귀는 새라 할
수 없거든

안골 가는 길

가덕 선창에서 정기도선 타고 용원에서 내리면 어느새 해는 기울고 대관절 어디인지 모르겠는 안골 고모집

처마에 앉아 섬새들 깃털 고르는 그곳으로 엄마 손 잡고 밤길 걸으면 사락사락 서리 내리는 다섯살 가을밤도 어느새 젖어 캥캥 앞길을 가로막는 여우도 나처럼 손 시린가보다

엄마의 이야기 속에서는 언제나 휘리릭 휘릭! 간 꺼내달라고 공중제비를 넘던 여우도 다섯살의 밤길 앞에서는 길 열어준다

여우야 고맙다

다음 날 아침부터 큰고모집 마당은 왁자하고 고종사촌 큰누나는 연지곤지를 발랐다 합환주 살짝 입에 대보는 여우 큰아버지 큰어머니 오촌당숙 숙모 고모와 사촌들 사이에서 부비고 치대며 살고 싶었던 그 여우 안골 가는 길에서는 늙지도 않고 선뜻 앞장서 길을 잡는다

아프다, 내 아이들 속에는 여우를 넣지 못해 간 맛도 뼈 맛도 보여줄 수 없고, 터벅터벅 허전한 안골 가는 길

끝나지 않을 노래

이강진

Dal Segno.

때때로 현실의 힘은 너무나 강력해서 그야말로 압도적인 위력으로 삶을 억누르곤 한다. 시인에게도 그것은 결코 예외가 아니다. 자신을 덮쳐오는 억압의 힘이 강해지면 강해질수록, 시인들은 그들만의 고유한 언어를 동원하여 현실을 극복하고 싶은 유혹에 이끌리게 마련이다. 하지만 시의 이름을 빌려 현실의 누추한 생을 벌충하려 할 때마다, 그들이 필연적으로 마주치게 되는 것은 왜소하기 그지없는 자신의 초상이다. 제아무리 아름다운 언어를 다듬어낸다 하더라도, 혹은 제아무리 통렬한 언어를 통해 세계의 모순을 폭로한다 하더라도, 여전히 그가 발 딛고 선 곳이 "몸 움직여야 밥을 먹는"(「파상 씨의 전파상」) 현실이라는 사실에는 변함이 없기 때문이다. 시의 힘을 믿어 의심치 않는다는 갖가지 선언들이 쏟아져나오고, 이미 모두가 그것을 익히 들어 알고 있지만, 사실 그 선언들은 시의 무력함만큼이나 아무런 힘도 갖지 못한다. 도대체 아름다움이니 미학이니 하는 말들이 무엇을 해낼 수 있다는 말인가? 애써 의미를 부여해보려 해도 결국 돌아오는 것은 "시인 아빠는 입시원서비도 못 줘?"(「풀잎 검객」)라는 날 선 냉소에 불과한 것을.

하지만 모든 음울한 결론을 예감하면서도, 시인은 어쩔 수 없이 자기모순을 향해 끊임없이 뛰어들어야만 하는 존재이다. 시인으로서 살아간다는 것이 '천형(天刑)'이라 불리는 까닭은, 다름 아닌 이 이율배반을 짊어져야 할 숙명으로 인한 것이다. 설령 아무런 힘이 될 수 없음을 안다 하더라도, 시인이 현실 앞에 내놓을 수 있는 것은 결국 시뿐이므로. 아니, 처음부터 그렇게 예정되어 있었다고 말하는 것이 보다 온당할 듯하다. 시라는 것은 본래 두려운 현실을 외면하기 위한 말의 몸부림으로부터 태어난 존재이니 말이다. 스스로의 존재를 확신할 방법이 오로지 고통밖에 남지 않았을 때, 시인은 고통 위에 흩어진 언어의 파편들을 주워 모아 존재의 안식처를 만드는 자이다. 도래할 파국을 가능한 한 지난하게, 그리고 우아하게 유예하는 것. 시에 부과된 이 지상명제는, 처음 예술이 시대의 예배물로서 탄생한 이후로 줄곧 반복되어온 단 하나의 목적이었다. 언어라는 매질을 통해서, 때로는 신성의 이름으로, 때로는 미학의 이름으로, 또는 도래할 해방의 이름으로 발현되는.

Da Capo.

상반되는 두가지 운명 사이에서, 우리는 매번 후자의 필연이 승리하기를 기원한다. 그러나 '천형'이라는 말에서 이미 예감하듯이, 언제나 승리하는 것은 현실의 완력이다. "깎고 자르는 솜씨 뒤에는 누구나 꽃 한 송이씩은 숨겨두고 있다"(「〈뷰티플 플라워〉를 지나가고 있다」)고 말하다가도, "내 어깨에 아이 둘이 대롱대롱 매달려 있고/아내가 화장품을 안 사기 시작하였다는 것을"(「장엄한 세수」) 깨닫는 순간 그깟 꽃송이쯤은 옷섶 깊숙이 숨겨두어야 할 것에 지나지 않음을 새삼 확인할 수밖에 없는 것이다. 도무지 꺾이지 않을 듯 보이는 저 현실의 기세 앞에서, 박형권의 첫 시집 『우두커니』(실천문학사 2009)가 짙은 허무와 패배주의로 가득했던 것은 어찌 보면 당연한 결과였다. 저항을 꿈꾸는 일조차 허락되지 않는 거대한 폭력 앞에서 무력한 시인이 선택할 수 있었던 유일한 행동은 비명을 한숨으로 바꾸어 내쉬는 정도일 수밖에 없었을 터이므로.

〈테크노 노래방〉에서 음정 박자 무시한 노래가 대낮부터 흘러나온다

목소리는 〈떡 되는 주막〉에서 해물파전 올려놓고 포천 막걸리를 마신 듯 얼큰하다

그녀는 〈하얀 얼굴 피부 관리실〉에서 참다래 팩을 하고

한껏 맑아진 공기를 마시며 〈이너웨어〉로 간다 야들야들한 유혹 옆에

〈고우영 만화방〉 있다

백수들이 시대를 가로지르는 잠언을 독파하고

탄지신공으로 페이지를 넘긴다

지금은 누구도 실업에게 손가락질하지 않는다

만화는 이제 백수들의 일인용 텐트가 되었다

—「자주 길을 잃지만」 부분

그러나 (이 또한 당연하게도) 허무주의와 패배주의의 방법은 끝내 시의 이름을 빌려 현실을 외면하는 것 이상이 될 수는 없었다. 누구보다도 저 실패를 가까이서 경험한 시인이기에, "〈고우영 만화방〉" 구석에 산더미처럼 쌓인 만화책을 바라본 순간 그가 떠올린 것은 아마 자신의 방에 즐비한 시집들이 아니었을까? "통 모르겠다/뭐 어쨌거나"(「우두커니」, 『우두커니』)라는 태도는 결국 "백수들의 일인용 텐트"

를 찾아 헤매는 비겁함과 별반 다를 것이 없었을 테니까. 현실(의 언어)에 대한 거절에서 출발하는 시의 발화는 그야말로 "백수들이 시대를 가로지르는 잠언"이 되기에 안성맞춤이었다. 때문에 많은 이들이 이 금지된 욕망을 따라 미학적 태도를 가장함으로써 누구도 자신에게 "손가락질하지 않는" 세계를 구축하려 해왔던 것이다. 반면에 박형권은 바로 이곳을 시작으로 하여 '미적 언어의 기만'과의 결별을 선언하고 나선다. 무엇보다 먼저, 그는 자신 또한 저 비겁함에 적극적으로 가담했음을 숨김없이 드러낸다.

> 사과해야겠어, 내가 허무를 좀 안다고
> '살아서 뭐하겠나'와
> '에라, 대충 살자'를 퍼뜨렸거든
> 우주는 영원하지 않아
> 지축은 무너질 거야, 그렇게 나팔을 불었거든
> 이 골목 많은 서울 변두리에서는 그게 먹힐 거다 생각
> 했거든
>
> ──「허무의 힘으로」 부분

"살아서 뭐하겠나"라는 체념 속으로 도망하고, 패배주의적 태도를 예술적 숙명인 양 포장하여 "나팔을 불었"던 지난날에 대해, 시인은 그것이 "이 골목 많은 서울 변두리에

서는 그게 먹힐 거다 생각했"던 계산에 의한 행동이었음을 서슴없이 고백한다. 언뜻 그의 선언은 현실 앞에서 직면하게 될 시의 불가능성을 다시금 확인한 것에 지나지 않는 듯 보일 수도 있겠으나, 저 회귀는 엄연히 이전과는 다른 반복을 이끌어내기 위해 요청된 전략적 후퇴로 이해되어야 한다. 마치 그것을 증명하기라도 하듯, 시인은 두번째 시집의 각 부를 여는 모든 시에 '아빠의 내간체'라는 제목을 붙여주고 있지 않은가.

Coda.

> 김치 하나에도 밥이 단 네 허기에게
> 학교 급식 말고는 균형있는 식단을 만나지 못한 너에게
> 압력밥솥 뚜껑 열듯
> 고슬고슬한 아빠의 내간체를 보낸다
> ──「아빠의 내간체 ── 녹말중독자」 부분

'아빠의 내간체'라니, 이 말은 딸에게 보내는 아빠의 편지를 가리키는 것일까? 하지만 이 시집을 단순히 시인이 보낸 편지로 이해하고 독자를 그 수신자의 위치에 대입하는 것은 표피적인 해석에 지나지 않는 듯하다. 그렇다면 대체

'내간체'란 무엇을 가리키는가. 시에 내포된 의미를 고민하기에 앞서, 우리는 '내간체'라는 말이 지닌 뜻을 떠올려봄으로써 시인의 의도에 다가가볼 수 있다. 일반적으로 내간체는 '부녀자들의 문체' 정도로 받아들여지지만, 본래 그 단어의 의미대로 '안사람들의 편지에 나타난 (고전) 문체'로 이해하는 것이 타당하다. 이때 주목해야 할 것은 '부녀자'와 '안사람'의 차이인데, 이 정의에서 '안사람'은 '부녀자-여성'이 아니라 엄연히 '집안 생활을 관장하는 이'를 의미하는 말이기 때문이다. 따라서 편협한 성 역할에 대한 고정관념을 털어내고 보았을 때, 우리는 시인이 보내온 "고슬고슬한 아빠의 내간체"가 여성적 문체의 상징이 아니라 그가 피부로 느낀 삶의 총체임을 깨달을 수 있는 것이다. 물론 주지하듯이 그 삶이란 "너를 우리의 살림으로 초대하는 일이/늘 이 모양인 나는 대체 어느 나라 아빠이냐"라고 물어야 할 볼품없는 현실인 탓에, 이 고백들이 자칫 지루한 변명으로 여겨질 수 있을지도 모르겠지만, 오히려 시인은 자기 삶에 드러난 누추함의 풍경들로부터 스스로의 존재론을 다시금 쌓아올리기 시작한다.

　　일하면 먹고 아니면 굶으며 결국 지하방에 도착하였
　지만
　　사실 우리는 집을 먹이는 뿌리혹박테리아

우리가 있어서 집의 부름켜에 따뜻한 피가 돈다네
애면글면 키워놨더니 미국 이민 가버려
숟가락이나 뜨고 사는지 들어갈 구멍이나 있는지
딸 아들 생각하며
주인집 할머니는 오늘도 콩나물을 기르고,
뿌리가 튼튼해야 줄기가 살지
가지도 살지 잎도 살지
그리하여 잎 끝으로 찾아오는
이른 봄도 살지 하며

—「콩나물국 먹는 날」부분

　그가 써내려가는 '내간체'에서 특히 주목해야 할 것은, 각각의 작품들에 어떤 '미학적인' 수사들이 거의 동원되지 않는다는 점이다. 위에 인용한 시가 대표적인 예라 할 만한데, 여기에서 일반적으로 시의 형식적 의장이라 일컬어지는 방법론들을 찾아내는 것은 불가능에 가깝다. 그러나 또한 놓치지 말아야 할 것은, 바로 이 투박함이야말로 박형권이 새롭게 시도하는 시적인 역전의 무대라는 사실이다. 삶 앞에 펼쳐진 풍경을 아름다운 언어로 승화시키려는 시도는 필연적으로 누추한 현실을 은폐하는 기만을 낳을 수밖에 없다. 때문에 그는 "바들바들 버티다가 처박히"는 "고달픈 서정"(「겨울비」)에 기대는 대신에, 시의 미학이 작동하는

본질적인 방식을 고민한다. 현실의 상징체계가 만든 법규로서의 언어가 있고, 그 체제가 작동하는 양식을 거절하며 태어나는 것이 시라고 할 때, 그 거절의 힘은 과연 어디에서 오는가. 미학적 자율에 대한 종래의 믿음이 파열된 존재의 자리에서 추방된 언어들을 건져내고자 했다면, 박형권은 그러한 파국의 한가운데에서 부서지지 않으려 안간힘을 쓰며 살아남은 언어들을 목격하는 것으로 자신의 시적 존재론의 근원을 설정한다. 말하자면 그는 '신생의 사건'으로서 언어를 창조하려는 대신에, 현실과 그 바깥의 사이에서 흔들리고 있는 것들을 발견해내는 '목격의 언어'를 꿈꾸는 것이다. 인용 시에서 이러한 그의 시론이 가장 뚜렷하게 드러나는 대목은 "사실 우리는 집을 먹이는 뿌리혹박테리아"라는 인식이다. 하루하루 힘겨운 생을 이어보지만, 그 끝에 남는 것은 "결국 지하방에"서 맴도는 땅 밑의 삶뿐이다. 그러나 시인은 비참함을 한탄하는 데에 그치지 않고 이러한 자신의 삶으로부터 "우리가 있어서 집의 부름켜에 따뜻한 피가 돈다"는 현실의 운동을 포착해낸다. 그렇게 땅 위까지 뻗어오른 그의 시선은 이윽고 패배주의에 갇혀 지하에 머물렀으면 끝내 알지 못했을 "주인집 할머니"의 "딸 아들 생각"과 마주 서게 된다. 그는 뿌리의 영양을 냉혹하게 빨아올리는 잎이요 줄기라 여겼던 "주인집 할머니" 또한 또다른 "뿌리혹박테리아"에 불과함을 깨닫는다. 끊임없이 반복

되고 순환하는 생을 대면함으로써 그는 이제 삶의 면면에 흐르는 고통들을 '이해하게' 된다. 비록 이 목격의 힘이 그가 처한 지하방의 현실을 땅 위로 끌어올려줄 수는 없겠지만, 적어도 갈 곳 없는 분노에 하릴없이 생을 그을리는 허무와 열패감을 극복할 힘이 되어줄 수는 있는 것이다.

 가로등만 있고 가로등의 그가 보이지 않는 것은
 그가 없다고 믿는 우리가 그를 지웠기 때문이야
 그는 쓰러지며 가로등에게
 기다릴 것 없다고 말했을 거야
 그 말을 가로등이 믿지 않더라도
 다른 가로등을 찾아간다고도 말했을 거야
 아빠도 엄마 만나기 전에 실연 한번 당했어
 나보다 키가 작은 그녀의 입술에 닿기 위하여 고개를
숙여야 했지
 그때 불현듯
 민들레와 달팽이들이 가꿔놓은
 발아래 세상이 보이기 시작했어 누가 그러더라
 사랑해본 사람만이 사랑할 줄 안다고
 살다보면 사랑이 멀어질 때도 있을 거야 넌 흔들리지
말고 낮은 곳을 바라보아라
 보아주는 것만으로도 그들은 행복할 거야

넌 꼭 그래라

——「아빠의 내간체——실연의 힘」 부분

  시인은 말한다. 파국의 현실과 허구의 형상화 사이에는 언제나 누추한 생이 있노라고. "길보다 낮은 방에서 누에처럼 꼬물거리며/언젠간 날개를 달 거라고 여전히 믿고 있는/당신은 있다"(「당신은 있다」)고. 설령 그들의 추괴함이 스스로의 나약함 탓이라고 몰아세우는 이들이 있다 하더라도, 적어도 자신만은 "이유 없이 우는 사람에겐 언제나 이유가 있다"(「김자욱 씨의 여명」)는 믿음을 포기하지 않겠노라고. 현실이 아닌 미학과 예술의 힘을 믿노라 주장하며 누추한 삶과의 마주 섬을 자꾸만 유예하려는 이들을 향해, 박형권은 "사랑해본 사람만이 사랑할 줄 안다고", "가로등"이라는 마술환등만 너울대고 정작 "가로등의 그가 보이지 않는 것은/그가 없다고 믿는 우리가 그를 지웠기 때문"이라고 외치고 있다. 비록 시의 본령이 예술에 있으며 예술의 본령은 아름다움을 희구하는 것에 있다 하더라도, 그것은 결국 "발아래 세상이 보이기 시작"하는 해방의 순간을 위해서가 아니냐고 '새삼스레' 묻고 있는 것이다. 그리고 그 끝에서 시인이 확인하게 되는 것은, 오직 발 딛고 선 자리를 내려다볼 줄 아는 자만이 이곳 너머의 것을 꿈꿀 수 있다는 오래된 진실이다. "어서 씻고 밥 먹고 콩나물시루 같

은 버스에 올라/밥벌이하러 가야겠네"라는 일상만이 반복
되는 고통스러운 삶일지라도, 그 속에는 엄연히 "오늘부터
는 무슨 일이 일어나도 끝내 행복하고야 말겠네"(「장엄한 세
수」)라는 장엄한 다짐이 깃들어 있는 법이다. 바로 이 강하
고 눈물겨운 생의 이면을 확신하고 있기에, 그는 "보아주는
것만으로도 그들은 행복"하리라는 말을, "흔들리지 말고 낮
은 곳을 바라보"라는 말을 우리에게 건넬 수 있는 셈이다.

D.S. al Coda.

모두가 알고 있다는 이유로 모두에게 잊힌 것들이 있다.
하지만 모두의 당연한 믿음과는 다르게, 이 세계의 비의는
대개 망각된 존재들의 자리 뒤편에 이르러서야 비로소 태
어나곤 한다. 당장에 할 수 없는 말만을 주워섬기는 것이
좋은 시이자 미학성이라면, 박형권에게 그러한 상찬들은
아무런 의미도 없다. 그러한 주장들은 "내가 나를 훔쳐갔"
(「자전거 도둑」)기에 생겨난 착각에 지나지 않는 까닭이다.
시가 줄곧 희구해온 '도달할 수 없는 아름다움'이란, 그것
이 고통스러운 현실 위에 놓여 있기에 비로소 불가능한 동
시에 아름다울 수 있었다. 때문에 시인은 할 수 없는 말에
기대는 대신에, 지금 여기에서 할 수 있는 말들이 품은 초

라한 의미들이 알을 깨고 나오기를 기다린다. 그 지난한 인내의 순간들이 혹 바보 같은 짓이나 저급한 평계로 치부될지도 모르겠지만, 이미 우리는 만나보고 오는 길이 아니었던가. 아름다움을 위해 스스로 아름다움을 포기한 시인에게 생은, 그리고 시는 어떻게 화답하고 있었는가를.

> 그것도 꽃이냐고 생존에 관해 물어왔을 때
> 당신은 증언하지요
> 보도블록을 뚫고 나오는 꽃들은 언제나 이름 없는 풀꽃이었다고
> 그게 이상하였다고
>
> ──「풀꽃」부분

李康盡 | 문학평론가

새벽 다섯시에 면목역 공원에 가면
오백원짜리 커피를 사 마실 수 있다
밤새 화단에서 술병처럼 뒹군
평균기온과 평균강수량의 사나이들을 만날 수 있다
경기도 쪽의 마늘밭이나 과수원에 일 나가기 위해
나이나 체면 같은 것을 내던진 사람들이다
자기 몸보다 큰 배낭을 짊어지고 있는데
아마 변두리 인생의 간단치 않은 질량이 들어 있을 것
이다
그들이 오백원짜리 커피로 정신을 가다듬는다
면목역 공원의 새벽에서는 그들이 평균이다
그들만큼 내가 무거워야
'미안하다, 당신들이 여기 있는 줄 몰랐다' 하는
한 구절을 받아 적을 수 있다
내가 보지 못한 곳에 항상 있어온 당신들,

당신들이 뭐 하는 사람들인가 알고 싶어서
오늘 새벽 당신들 몫의 커피 한 잔을
축내고 돌아왔다
항상 당신들이 있는 것을 봄으로써
내가 있는 것을 안다

2013년 7월

박형권

창비시선 364

전당포는 항구다

초판 1쇄 발행/2013년 7월 25일

지은이/박형권
펴낸이/강일우
책임편집/이상술
펴낸곳/(주)창비
등록/1986년 8월 5일 제85호
주소/413-120 경기도 파주시 회동길 184
전화/031-955-3333
팩시밀리/영업 031-955-3399 편집 031-955-3400
홈페이지/www.changbi.com
전자우편/lit@changbi.com

ⓒ 박형권 2013
ISBN 978-89-364-2364-3 03810